진짜가 된 헝겊토끼

진짜가 된 헝겊토끼
The Velveteen Principles

토니 레이튼–단토니오 지음 | 신혜경 옮김

옮긴이 **신혜경**

이화여자대학교 졸업, 시나리오 작가와 영어강사로 활동했으며
현재는 전문번역가로 일하고 있다.
역서로는 《사소한 것에 목숨 걸지 마라-직장인 편》
《사랑만이 당신을 앞으로 나아가게 합니다》
《자연이 우리에게 준 1001가지 선물》
《강물에서 건져올린 소중한 인생이야기》 등이 있다.

진짜가 된 헝겊토끼

지은이 | 토니 레이튼-단토니오
옮긴이 | 신혜경

주간 | 권대웅
책임편집 | 고유진
기획편집 | 정광준, 박현종
디자인 | 한순복
마케팅 | 양승우, 정복순, 이태훈
업무관리 | 최희은

초판 1쇄 찍음 | 2006년 4월 3일
초판 1쇄 펴냄 | 2006년 4월 10일

펴낸곳 | 도솔출판사
펴낸이 | 최정환

등록번호 | 제1-867호 등록일자 | 1989년 1월 17일
주소 | 121-841 서울시 마포구 서교동 460-8번지
전화 | 335-5755 팩스 | 335-6069
홈페이지 | www.dosolbooks.com
전자우편 | dosol511@empal.com

* 값은 표지에 있습니다.

  ISBN 89-7220-182-0   03840

아무리 복잡한 세상이라 해도
단순한 진실이 모든 것을 바꿀 수 있습니다.

옛날 옛적에, 헝겊토끼는 알게 되었습니다.
최신의 것이 반드시 더 좋은 것은 아니라는 것을…….
잔잔한 지혜가 세상을 바꾼다는 것을…….
정직한 우정과 이해가 마음을 따뜻하게 한다는 것을…….
그리고 사랑이 우리를 진짜로 만들어준다는 것을…….

아이들을 위한 고전 동화 《헝겊토끼》 속에 담긴 단순한 지혜에서
진짜가 되고자 하는 당신의 여정이 시작됩니다.

진짜 인생을 살아가고 있는 당신에게 드립니다!

| 차례 |

머리말 8

동화 《헝겊토끼》 13

프롤로그 - 진짜가 된다는 것 47

첫 번째 이야기 | 진짜는 당신의 가능성에서 시작됩니다 97

두 번째 이야기 | 진짜는 오랜 과정 속에 이루어집니다 113

세 번째 이야기 | 진짜는 감정에 솔직합니다 127

네 번째 이야기 | 진짜는 공감할 줄 압니다 141

다섯 번째 이야기 | 진짜는 용감합니다 157

여섯 번째 이야기 | 진짜는 정직합니다 175

일곱 번째 이야기 | 진짜는 너그럽습니다 191

여덟 번째 이야기 | 진짜는 감사할 줄 압니다 203

아홉 번째 이야기 | 진짜는 고통을 두려워하지 않습니다 219

열 번째 이야기 | 진짜는 융통성이 있습니다 237

열한 번째 이야기 | 진짜는 인내를 사랑합니다 249

열두 번째 이야기 | 진짜는 자신의 가치를 소중히 여깁니다 263

에필로그 - 자신만의 향기를 간직한 '진짜' 이야기를 만드세요 275

당신은 세상에 하나뿐인 존재입니다

1922년 처음으로 세상에 나온 마저리 윌리엄스의 불후의 명저 《헝겊토끼》는 소년의 놀이방에서 벌어지는 토끼 인형의 삶을 그린 이야기입니다. 다른 인형들에 비하면 형편없는 모양새를 하고 있는 헝겊토끼를 이렇게 묘사합니다.

"부끄럼이 많은 데다 값싼 벨벳으로 만들졌기에 비싼 장난감들의 놀림감이 되기 일쑤였지요."

헝겊토끼는 다른 장난감 친구들과 친해지고도 싶었지만, 진정으로 원하는 것은 따로 있었습니다. 그는 소년에게 있어 특별한 존재가 되고 싶었습니다.

홍겨운 크리스마스 파티가 끝나자 헝겊토끼는 잊히고 맙니다. 그의 아픈 마음을 어루만져 준 것은 현명한 빼빼마른 말이었지요. 그는 헝겊토끼에게 속삭입니다. 언젠가는 소년이 진정으로 헝겊토끼를 사랑하게 될 것이라고요. 빼빼마른 말이 들려준 이야기는 하나씩 현실이 되어 갔습니다. 소년과 헝겊토끼 사이에 생겨난 끈끈한 정과 함께 나눈 소중한 경험들이 결국 헝겊토끼를 진정한 존재로 변화시켰으니까요. 빼빼마른 말이 얘기했듯이 거짓으로 꾸미거나 다른 것을 흉내 내지 않고 진정한 자신의 모습으로 돌아갈 때, 우리들도 진짜가 될 수 있습니다. 당신이 불완전하더라도, 아니 불완전한 자신을 사랑할 수 있다면 말입니다.

이 동화를 무심코 읽는다면, 우리는 그저 작가가 참으로 매력적이고, 사려 깊으며 다정한 이야기를 썼다는 생각을 하는 데 그치고 말겁니다. 하지만 《헝겊토끼》 안에는 분명 감동적인 이야기를 넘어서는 무언가가 담겨 있습니다. 이 책은 깊은 곳에 잠들어 있던 소망과 영감을 깨워 열망의 참모습을 일깨우는 불가사의한 힘을 지녔습니다. 우리는 삶에서 마주치는 도전을 이겨내고 아름답고 가치 있는 사람으로 성장하며 자신의 내면에 깃들어 있는 진정한 자아를 사랑하며 살아가길 간절히 원하지 않는지요.

아이들을 위해 만들어진 책일지라도, 《헝겊토끼》는 자신과 사회를 바라보는 놀라운 시각을 제시합니다. 사랑과 공감과 연민의 가치를 높일 뿐만 아니라, 인공적이고 기계적이며 냉정한 것들에 맞서도록 우리를 격려하지요. 이 책을 읽는 동안 '진정한 것'을 잃게 되는 여러 가지 경우들과 그때 당신이 잃게 되는 것들이 무언지 알게 될 겁니다. 또한 당신 자신을 세상에 하나뿐인 '진정한 존재'로 만들기 위해 애쓸 때 얻게 되는 것들이 무언지도 깨닫게 될 겁니다.

나는 이 책을 통해, 그동안 한 여성이자 심리학자, 아내, 교사, 그리고 어머니로서 경험한 일들과 마저리 윌리엄스의 동화 속에 담긴 지혜를 결합하려 애썼습니다. 이 지혜들이 당신을 탈바꿈시켜 이 세상을 진짜의 모습으로 살아가는 데에 많은 도움이 되었으면 합니다. 물론 이 책이 행복하고 만족스런 삶을 보장해주지는 못합니다. 하지만 일상의 삶이 너무나도 숨 가쁘게 돌아가고, 불안감과 스트레스에 시달릴 때, 그리고 너무나도 많은 사람들이 쉽게 헤어지고 참을성을 잃어갈 때, 이 책이 평화와 자기 용서 그리고 진정한 사랑으로 가는 안전하고 든든한 길을 가르쳐 줄 수 있지 않을까 합니다.

The Velveteen Rabbit
Or How Toys Become Real

헝겊토끼

마저리 윌리엄스 지음

오래전에 헝겊토끼 한 마리가 살았습니다. 처음에는 녀석도 아주 근사했답니다. 여느 토끼들처럼, 녀석도 통통하게 살이 올라 있었지요. 갈색과 흰색이 잘 어우러진 털과, 손으로 섬세하게 심어 넣은 귀여운 수염, 그리고 분홍 실이 곱게 수놓인 두 귀는 또 얼마나 멋졌는지 모릅니다. 어느 크리스마스 아침에 이 헝겊토끼는 한 소년에게 줄 선물들로 가득 찬 양말 모양의 주머니 꼭대기에 앉아 있었습니다. 두 손에는 크리스마스 장식으로 사용되는 나뭇가지를 꼭 쥔 채로 말입니다. 이것이 효과를 제법 발휘한 탓인지, 녀석의 모습이 더욱 돋보였습니다.

양말 속에는 땅콩이며 오렌지, 장난감 엔진, 아몬드 초콜릿, 태엽을 감으면 움직이는 생쥐인형 같은 다른 선물들도 많이 들어 있었습니다. 하지만 그중에서 헝겊토끼가 단연 으뜸이었답니다. 방에서 나온 소년은 두 시간이 넘게 헝겊토끼와 신나게

놓고 있는데 소년의 삼촌과 숙모들이 저녁을 드시러 오셨습니다. 여기저기서 선물을 싼 포장지가 바스락거리는 소리, 포장지를 벗기는 소리, 그리고 새로운 선물을 보며 탄성을 지르는 소리가 들려왔습니다. 그런 소리들에 묻혀 헝겊토끼는 어느새 잊히고 말았습니다.

참으로 오랫동안 그는 장난감을 넣어두는 벽장이나 놀이방 바닥에서 지냈습니다. 그에게 마음을 써주는 이는 아무도 없었습니다. 부끄럼이 많은 데다 값싼 벨벳으로 만들어진 까닭에 비싼 장난감들의 놀림감이 되기 일쑤였지요. 기계로 작동하는 장난감들은 거만하기 이를 데 없어서 다른 모든 장난감들을 깔보았거든요. 번뜩이는 아이디어로 만들어진 녀석들은 마치 자신이 진짜라도 되는 듯이 굴었답니다. 여름에 태어난 모형 배는 벌써 페인트가 거의 다 벗겨진 상태였는데도 자신이 진짜 배와 꼭 같이 생겼다는 이유로 목소리를 높였고, 기회가 있을 때마다 전문적인 용어를 써 가며 자신의 돛이며 돛대며 밧줄 같은 것들에 대한 자랑을 늘어놓곤 했지요. 진짜 토끼가 세상에 있다는

진짜 토끼가 세상에 있다는 사실을 알지 못했던 까닭에,
헝겊토끼는 자신도 어떤 것의 모형이라고 당당하게 얘기할 수가 없었습니다.

사실을 알지 못했던 까닭에, 헝겊토끼는 자신도 어떤 것의 모형이라고 당당하게 얘기할 수가 없었습니다. 설령 진짜 토끼가 있다고 해도 자기처럼 그 녀석들 속에도 시대에 뒤떨어진 재료인 톱밥이 채워져 있을 것이 분명했습니다. 그렇다면 더더욱 최신식 장난감들에게는 비밀로 부쳐야 할 일이었지요. 상이용사들이 만들었기에, 좀 더 깊은 생각을 가져야 할 나무 사자 티모시조차 거만하기 이를 데 없었습니다. 게다가 자기가 정부 중요 인사와 끈이라도 닿는 것처럼 굴기까지 했답니다. 그들 사이에 있는 것만으로도 가여운 헝겊토끼는 자신이 더욱 초라하고 보잘것없게 느껴졌습니다. 그에게 친절한 이는 오직 빼빼마른 말뿐이었습니다.

빼빼마른 말은 다른 어떤 이보다도 그 놀이방에 오랫동안 머물고 있었습니다. 나이가 너무 든 나머지 그의 갈색 털은 여기저기 벗겨져 속에 있는 바느질 솔기가 다 보일 지경이었습니다. 게다가 한때 탐스러웠던 꼬리털은 목걸이 구슬을 꿸 줄로 사용하기 위해 뽑혀나가 이제 몇 가닥 남아 있지 않았습니다. 하지만 그는 현명했습니다. 그토록 자랑을 늘어놓고 오만하기 이를 데 없던 자동 장난감들도 중요한 부속품이 하나씩 고장 나면 이내 버려지고 마는 것을 수 없이 보아왔기에, 그들은 단지 장난감에 지나지 않으며 다른 무엇으로도 변할 수 없다는 사실을 알고 있었습니다. 놀이방에서 일어나는 마술은 너무나도 이상하고 놀라운 것이어서, 오직 빼빼마른 말처럼 나이 들고 현명하며 경험이 많은 장난감들만이 온전히 이해할 수 있었답니다.

"진짜가 된다는 게 뭔가요?"

어느 날, 헝겊토끼가 물었습니다. 나나가 아직 방을 치우러 들어오지 않아 마침 빼빼마른 말과 놀이방 바닥에 나란히 누워 있었거든요.

"몸 안에서 윙윙 소리를 내는 톱니랑 몸 밖으로 튀어나온 태엽을 가지게 된다는 뜻인가요?"

그러자 빼빼마른 말이 대답했습니다.

"진짜라는 건, 겉모습으로 결정되는 게 아니란다. 물론, 네게도 일어날 수 있는 일이지. 어떤 꼬마아이가 아주 오랫동안 너를 사랑한다면 그렇게 될 수 있단다. 그러니까, 너랑 그냥 놀기만 하는 것이 아니라 너를 진짜로 사랑하면, 네가 진짜가 된다는 말이란다.”

“아프지 않을까요?”

“가끔은 그래. 하지만 진짜가 된다면, 아픈 것쯤은 별일 아니지.”

언제나 사려 깊은 빼빼마른 말이 이렇게 얘기했습니다.

호기심 많은 형겊토끼가 다시 물었습니다.

“진짜가 되는 것 말이에요, 태엽이 풀리듯이 순식간에 그렇게 되는 건가요, 아니면 조금씩 그렇게 되는 건가요?”

빼빼마른 말이 웃으며 대답했습니다.

“순식간에 진짜가 되는 일은 없단다. 진짜가 되려면, 아주 오랜 시간이 필요해. 그래서 쉽게 헤어지거나 너무 날카롭거나 참을성이 없는 이들에게는 일어날 수 없는 거야. 진짜가 될 때쯤이면 누구나 머리칼이 성성해지고, 눈이 떨어져 나가고, 팔다리에 힘이 빠지고, 차림 또한 더없이 초라하게 변하지. 지금은 듣기만 해도 끔찍하겠지만, 그런 순간을 맞으면 이런 것쯤은 아무런 상관도 없단다. 왜냐하면, 일단 진짜가 되고 나면, 어떠한 모습도 더 이상 추하지 않기 때문이야. 물론 진짜가 된다는 것이 무슨 의미인지 이해하지 못하는 이들에겐 그렇지 않겠지만."

"아저씨는 진짜가 맞죠?"

헝겊토끼가 물었습니다. 하지만, 말을 하고 나자 바로 후회가 되었습니다. 빼빼마른 말의 마음을 상하게 했을지도 모른다는 생각이 들었기 때문입니다. 하지만 빼빼마른 말은 빙그레 미소만 지었습니다. 그리고 잠시 후에 이렇게 대답했습니다.

"소년의 삼촌이 나를 진짜로 만들어주었어. 벌써 아주 오래전 일이지. 하지만 한번 진짜가 되면, 다시 진짜가 되기 전의 너로 돌아가는 법은 없단다. 영원히 말이다."

헝겊토끼는 깊게 한숨을 쉬었습니다. 진짜라고 불리는 이 마법이 자기자기한테 일어난다는 것이 까마득하게 여겨졌습니다. 그는 너무나도 진짜가 되고 싶었습니다. 진짜가 된다는 것이 어떤 느낌일지 무척이나 궁금했습니다. 하지만 아직은 행색이 초라해지고 눈이며 수염이 떨어져 나간다는 말이 슬프게만 들렸습니다. 헝겊토끼는 자신만은 부디 그런 불편한 일을 경험하지 않고 진짜가 될 수 있기를 빌었습니다.

헝겊토끼는 깊게 한숨을 쉬었습니다.
진짜라고 불리는 이 마법이 자기한테 일어난다는 것이 까마득하게 여겨졌습니다.

나나라는 이름을 가진 사람이 놀이방을 관리했습니다. 그녀는 어떤 때는 놀이방에 장난감들이 여기저기 흩어져 있어도 신경조차 쓰지 않다가, 또 어떤 때는 아무런 이유도 없이 장난감들을 벽장으로 던져 넣었습니다. 그럴 때면 마치 폭풍이 휩쓸고 지나간 것처럼 놀이방 바닥이 깨끗해졌는데, 그녀는 이것을 '정리정돈'이라고 불렀습니다. 장난감들은 모두 그 시간을 싫어했습니다. 양철로 만들어진 장난감의 경우에는 특히 더 했지요. 하지만 헝겊토끼는 별로 상관하지 않았습니다. 혹시 벽장으로 던져진다고 해도 톱밥이 있어 떨어져도 그다지 아프지 않았으니까요.

어느 날 밤, 소년이 잠자리에 들 무렵이었습니다. 소년이 언제나 꼭 안은 채로 잠들던 중국 강아지 인형이 어디론가 사라져 보이지 않았습니다. 나나는 서둘러 인형을 찾기 시작했지만, 잠자리에 들 시간에 사라진 중국 강아지 인형을 찾는 다는 것은 매우 성가신 일이었습니다. 그래서 대충 찾는 시늉을 하다가 장난감이 들어있는 벽장을 열어젖히고는 인형 하나를 낚아채듯이 집어 들었습니다.

"자, 여기 네 토끼인형이 왔다! 이제부터 이 녀석을 안고 자는 거야, 알겠지!"

나나는 한쪽 귀를 잡고 질질 끌고 온 헝겊토끼를 소년의 품에다 던졌습니다.

그날 밤, 헝겊토끼는 소년의 침대에서 잠이 들었습니다. 다음 날 밤에도, 그 다음 날 밤에도 그랬습니다. 처음에는 소년과 함께 잠을 잔다는 것이 불편하기만 했답니다. 소년이 너무 꼭 끌어안거나, 베개 밑에 깔려 숨이 막힐 때도 있었거든요. 뿐만 아니라, 모두가 잠든 밤에 고요한 달빛 아래서 빼빼마른 말과 오순도순 얘기를 나누던 시간도 너무나 그리웠습니다. 하지만 그리 오래지 않아 헝겊토끼는 소년과 함께 자는 것을 좋아하게 되었습니다. 잠들기 전까지 들려오는 소년의 이야기 소리도, 진짜 토끼들이 사는 굴처럼 만들었다는 소년의 이불 터널도 정말 근사했으니까요. 게다가 헝겊토끼와 소년은 정말 재미있는 게임을 같이 하기도 했습니다. 나나가 저녁을 먹거나 벽난로 옆의 등불을 밝히러 나간 틈을 타서 속삭이듯이 말입니다. 소년이 깊은 잠에 빠지면 헝겊토끼도 소년의 작고 따뜻한 뺨에 얼굴을 기대고 기분 좋은 꿈을 꾸었습니다. 온 밤 내내 소년은 헝겊토끼를 꼭 끌어안은 두 손을 절대 놓지 않았습니다.

그렇게 시간이 흐르는 동안 작은 헝겊토끼는 아주 행복했습니다. 너무나도 행복한 나머지 자신의 아름다운 벨벳털이 점점 볼품없어지고 있다는 사실도, 꼬리의 실밥이 풀리고 있다는 사실도, 소년이 늘 입을 맞추는 반짝이는 분홍색 코가 그만 너덜너덜해지고 말았다는 사실도 미처 깨닫지 못했습니다.

봄이 되자, 헝겊토끼와 소년은 정원에서 하루 종일 함께 놀았습니다. 어디를 가든지 소년은 헝겊토끼를 꼭 데리고 다녔답니다. 소년은 손수레에 헝겊토끼를 태우고 달리기도 했고, 풀밭으로 소풍을 가기도 했으며, 헝겊토끼를 위해 꽃밭 뒤쪽 라즈베리 나무 밑에 근사한 오두막을 짓기도 했습니다. 한번은 이런 일도 있었습니다. 갑자기 차를 마시러 오라며 자신을 부르는 소리에 놀란 소년이 혼자서 집으로 달려가 버리는 바람에, 어둑어둑 땅거미가 지고 나서도 한참동안 헝겊토끼는 그렇게 혼자 잔디밭에 남아 있어야 했습니다. 그런데 한줄기 불빛이 점점 그를 향해 다가왔습니다. 헝겊토끼 없이는 잠들지 못하는 소년 때문에,

나나가 한밤중에 등불을 들고 찾으러 나온 것이었습니다. 소년이 꽃밭에 만들어준 굴속에 들어가 있었기 때문에 그의 몸은 밤이슬과 흙으로 범벅이 된 상태였습니다. 나나는 연신 투덜거리며 앞치마 귀퉁이로 헝겊토끼를 닦아냈습니다.

"낡아빠진 토끼 인형 하나 때문에 이 야단법석이라니!"

나나가 이렇게 소리치자, 소년이 침대에서 일어나 앉아서 헝겊토끼를 향해 손을 뻗었습니다.

"내 토끼 어서 이리 줘! 그리고 내 토끼한테 그렇게 함부로 말하지 마. 녀석은 장난감이 아니야. 진짜 토끼란 말이야!"

소년의 말을 들은 헝겊토끼는 너무나도 행복했습니다. 결국 빼빼마른 말이 했던 모든 얘기들이 사실임을 알게 되었으니까요. 언젠가 빼빼마른 말이 들려주었던 마술과도 같은 놀라운 일이 일어난 것이었습니다. 그러니 이제 헝겊토끼는 더 이상 장난감이 아니었습니다. 소년이 말했듯이, 그는 진짜였습니다.

그날 밤, 헝겊토끼는 너무나도 행복해서 도무지 잠을 이룰 수가 없었습니다. 톱밥이 채워진 그의 작은 심장은 벅차오르는 사랑으로 터질 것만 같았습니다. 오래전에 빛을 잃었던 그의 눈에

이제 헝겊토끼는 더 이상 장난감이 아니었습니다. 소년이 말했듯이, 그는 진짜였습니다.

도 어느새 지혜와 아름다움이 깃들어, 다음 날 아침 그를 집어들던 나나조차 알아차릴 정도였습니다.

그녀는 왠지 다르게 보이는 헝겊토끼를 보며 이렇게 말했습니다.

"진짜로 이 낡아빠진 토끼 인형이 뭔가 아는 눈치네!"

정말이지 근사한 여름이었습니다!

집 근처에는 멋진 숲이 있었는데, 소년은 향긋한 차 한잔을 서둘러 마시고 나서는 그곳으로 달려가는 것을 아주 좋아했습니다. 소년은 6월의 긴긴 오후를 그곳에서 보냈습니다. 물론 소년은 언제나 헝겊토끼를 함께 데려갔습니다. 꽃을 따러 가거나, 나무들 사이에서 해적 놀이를 하려고 할 때면 언제나, 따뜻한 마음을 가진 소년은 고사리가 많이 난 곳에다 헝겊토끼가 쉴 수 있도록 작고 편안한 보금자리를 먼저 만들어 두었답니다. 어느 날 오후, 그의 벨벳 털 사이를 이리저리 뛰어다니는 개미를 구경하면서 보금자리에 혼자 앉아 소년을 기다리는데, 문득 헝겊토끼의 키를 훌쩍 넘는 고사리들 사이에서 두 개의 낯선 물체가 살금살금 기어 나왔습니다.

가만히 보니 그들은 자신과 같은 토끼가 분명했습니다. 하지만 그렇게 윤기가 흐르는 털은 여태 한 번도 본 적이 없었습니다. 아마도 새로 나온 토끼 인형인 듯 했습니다. 그것도 아주 공들여 잘 만들어진 것이 틀림없었습니다. 솔기에 바늘 땀 하나 눈에 띄지 않았으니까요. 그 뿐만이 아니었습니다. 걸어갈 때도 녀석들은 몸을 아주 기이한 방법으로 움직였습니다. 길고 납작하게 죽 늘어났던 몸이 순식간에 통통하고 동그랗게 변했습니다. 계속 같은 자세로 꼼짝 않고 한 자리에만 머물러 있는 자신과는 달라도 너무 달랐습니다. 저렇게 움직이려면 보통 태엽이 장착되어 있기 때문에, 헝겊토끼는 두 눈을 크게 뜨고 이를 찾기 시작했습니다. 하지만 어디에 숨어 있는지 도무지 눈에 띄지 않았습니다. 아마도 완전히 새로운 종류의 토끼인 모양이었습니다. 그러는 동안에, 진짜 토끼들이 코를 씰룩이며 헝겊토끼의 보금자리로 살금살금 다가왔습니다.

그들이 헝겊토끼를 가만히 쳐다보자, 그도 진짜 토끼들을 가만히 쳐다보았습니다. 그들은 연신 코를 씰룩거리고 있었습니다.

요정은 헝겊토끼를 향해 한 걸음 한 걸음 다가와 두 팔로 보듬어 안고는
눈물로 촉촉하게 젖은 그의 콧등에 따뜻한 입맞춤을 했습니다,

진짜 토끼 한 마리가 불쑥 말을 꺼냈습니다.

"이리 와서 우리랑 같이 놀래?"

"난 그럴 기분이 아닌걸."

헝겊토끼는 이렇게만 대답했습니다. 자신에게는 태엽이 없어서 혼자서는 꼼작도 할 수 없다는 사실을 설명할 기분이 아니었거든요.

"이것 봐! 이건 식은 죽 먹기라고."

그 털북숭이 토끼는 이렇게 말하고 나서 깡충 옆으로 뛰고서는 뒷다리를 든 채로 멈춰 섰습니다.

"너는 이런 것도 못하는구나!"

그가 놀려대자 속이 상한 헝겊토끼도 이에 질세라 목소리를 높였습니다.

"나도 할 수 있어! 나는 세상 누구보다도 높이 뛸 수 있는걸!"

물론 소년이 위로 던져줄 때만 그럴 수 있었지만, 그런 사실까지 말할 생각은 조금도 없었습니다.

그러자 그 털북숭이 토끼가 다시 물었습니다.

"그러면 너 뒷다리로 깡충깡충 뛸 수는 있니?"

그것은 정말이지 무시무시한 질문이 아닐 수 없었습니다. 헝겊토끼에게는 뒷다리라고 할 만한 것이 없었으니까요! 그의 가슴 아래 부분은 모두 하나로 만들어진 터였습니다. 마치 방석처럼 말입니다. 그는 부디 다른 토끼들이 이 사실을 모르기만을 빌면서 앉은 자리에서 꼼짝도 하지 않았습니다.

그는 다시 한 번 분명히 말했습니다.

"전혀 그러고 싶지 않다고!"

하지만 진짜 토끼들은 아주 예리한 눈썰미를 가지고 있었습니다. 털북숭이 토끼가 고개를 쑥 늘어뜨리고는 헝겊토끼를 꼼꼼히 살펴보더니 이렇게 소리쳤습니다.

"이 녀석은 뒷다리가 없는걸! 세상에, 토끼가 뒷다리가 없다니!"

그리고는 껄껄거리며 웃기 시작했습니다.

"나도 있어! 나도 뒷다리가 있다고! 지금 뒷다리 위에 앉아 있어서 보이지 않는 것뿐이야!"

"그러면 네 엉덩이 밑에 있다는 그 뒷다리를 쭉 뻗어서 한번 보여주지 그래? 이렇게 말이야!"

그러더니 진짜 토끼는 빙글빙글 돌며 춤을 추기 시작했습니다. 동그랗게 맴도는 토끼를 보고 있자니 헝겊토끼는 속이 울렁거릴 지경이었습니다.

"나는 춤추는 걸 좋아하지 않아. 이렇게 가만히 앉아 있는 게 훨씬 좋다고!"

하지만 이렇게 말하는 동안에도, 그는 정말이지 춤을 추고 싶었습니다. 뭔지는 정확히 알 수 없지만 재미있고 새로운 간질거리는 느낌이 그의 몸을 온통 흔들고 지나갔습니다. 저 진짜 토끼들처럼 깡충깡충 뛸 수만 있다면, 자기가 가진 것 중에서 가장 소중한 것도 아낌없이 내놓을 터였습니다.

진짜 토끼 한 마리가 문득 춤을 멈추고는 헝겊토끼에게 아주 바짝 다가갔습니다. 이번에는 너무 가까이 다가와서 긴 수염이 그의 귀에 닿을 지경이었습니다. 코에 잔뜩 힘을 주고 냄새를 킁킁 맡던 진짜 토끼가 갑자기 귀를 납작하게 늘어뜨린 채 뒤로 크게 한 걸음 물러났습니다.

그러고는 비명을 질러댔습니다.

"냄새가 이상해! 이 녀석은 토끼가 아니야! 진짜가 아니라고!"

"진짜야! 나는 진짜라고! 소년이 그렇게 말했는걸!"

이렇게 말하는 헝겊토끼의 눈에는 어느새 눈물방울이 맺혀 있었습니다.

바로 그때, 어디선가 발자국 소리가 들려왔습니다. 그리고 소년이 진짜 토끼의 뒤쪽으로 휙 하고 지나갔습니다. 그러자 두 마리 토끼가 순식간에 어디론가 사라져버렸습니다.

"돌아와 토끼들아, 나하고 놀자! 아, 제발 돌아와 줘! 나는 정말 진짜란 말이야!"

작은 헝겊토끼는 진짜 토끼들이 몸을 감춘 고사리 숲을 향해 이렇게 외쳤습니다. 하지만 작은 개미들만이 이리저리 부지런히 뛰어다닐 뿐, 아무런 대답도 들려오지 않았습니다. 무심한 고사리들이 바람결을 따라 부드럽게 흔들렸습니다. 헝겊토끼 옆에는 아무도 없었습니다. 그는, 혼자였습니다.

"어째서 저렇게 달려가는 걸까? 그 토끼들은 왜 잠깐이라도 멈춰서 나하고 얘기하지 않는 걸까?"

헝겊토끼는 아주 오랫동안 꼼짝도 하지 않고 누운 채로 고사리 숲을 멍하니 바라보았습니다. 그 속에서 근사한 진짜 토끼들이 다시 깡충깡충 뛰어나와주기를 간절히 바라면서 말입니다. 하지만 그들은 다시 돌아오지 않았습니다. 얼마 지나지 않아 날이 저물고 작고 하얀 나방들이 하나 둘 날아다니기 시작하자, 소년이 와서는 헝겊토끼를 데리고 집으로 돌아갔습니다.

그리고 몇 주가 흘렀습니다. 그동안 작은 헝겊토끼는 아주 낡고 볼품없이 변해갔습니다. 하지만 소년은 변함없이 그를 사랑했습니다. 소년의 사랑은 깊고도 깊어서 토끼의 수염이 빠져나가고, 분홍색 귀가 회색으로 바뀌며, 갈색 얼룩무늬가 희미해져 가는 것에도 전혀 흔들림이 없었습니다. 이제는 너무도 변해버려 토끼처럼 보이지도 않았지만, 소년의 눈에는 여전히 사랑스러운 헝겊토끼였습니다. 바로 이것이 작은 헝겊토끼를 견디게 만드는 힘이었습니다. 그는 다른 사람들 눈에 어떻게 보이든 상관하지 않았습니다. 놀이방에서 일어나는 마법이 그를 진짜로 만들었고, 누구든 진짜가 되면 볼품없는 모습 같은 것은 더 이상 아무런 문제도 되지 않았기 때문입니다.

그러던 어느 날 소년이 시름시름 앓기 시작했습니다. 열에 들뜬 소년의 얼굴은 붉게 변해갔고 자는 동안 알 수 없는 소리를 중얼거리기도 했습니다. 소년의 작은 몸은 너무나도 뜨거워서 그 품에 꼭 안겨 있는 작은 헝겊토끼의 몸까지 타는 듯이 뜨거웠습니다. 소년의 방에는 낯선 사람들이 분주히 오고갔으며, 늘 대낮처럼 등불이 밝혀져 있었습니다. 혹시라도 사람들 눈에 띄어 다른 곳으로 보내질까 두려운 나머지 작은 헝겊토끼는 소년의 잠옷 속에 몸을 감추고는 꼼작도 하지 않았습니다. 지금 소년에게는 자신이 꼭 필요하다는 사실을 너무나도 잘 알고 있었기 때문입니다.

참으로 길고도 우울한 시간이었습니다. 소년이 많이 아파 헝겊토끼와 함께 놀아줄 수 없었거든요. 헝겊토끼는 처음 알았습니다. 하루 종일 아무것도 하지 않고 가만히 있는 다는 게 얼마나 지루한 일인지 말입니다. 하지만 그는 참을성 있게 소년의 품에 꼭 안겨 있었습니다. 그리고 소년이 어서 다시 건강해져서 예전처럼 함께 꽃과 나비 사이를 뛰어다니고, 나무딸기 덤불 속에서 재미난 게임을 할 수 있기를 빌고 또 빌었습니다. 그는 온갖 근사한 일들을 계획해 두었다가, 아직 잠에서 깨지 못하는 소년에게 살며시 다가가 속삭이곤 했습니다. 이윽고 열이 내리고, 소년이 조금씩 회복하기 시작했습니다. 소년은 침대에 앉아서 그림책을 읽을 수 있을 정도로 건강을 되찾았습니다. 그러는 동안 내내 헝겊토끼가 소년의 곁을 지켰습니다.

그러던 어느 날, 사람들이 다가와 소년을 일으켜 세우고는 옷을 갈아입혔습니다. 눈이 부시도록 밝고 햇살이 따사로운 아침이었습니다. 창문들도 모두 활짝 가슴을 열고 맑은 공기를 마시고 있었지요. 사람들은 소년의 어깨에다 도톰한 숄을 한 장 걸쳐주고 발코니로 데려갔습니다. 헝겊토끼는 소년이 벗어놓은 구겨진 잠옷 사이에 덩그러니 혼자 누워서, 소년의 뒷모습을 바라보며 생각에 잠겼습니다.

내일이면 소년은 바닷가로 떠난다고 했습니다. 모든 준비가 다 끝났으며, 이제 의사 선생님 말씀만 잘 지키면 된다고도 했습니다. 헝겊토끼는 소년의 구겨진 잠옷 아래서 고개만 쏙 내밀고는 사람들이 나누는 얘기에 귀를 기울였습니다. 이 방은 소독을 하게 될 것이고 소년이 침대에서 가지고 놀던 장난감이랑 책들은 모두 불태워버려야만 한다는 말이 이어졌습니다.

"만세! 우리는 내일 바닷가에 간다!"

헝겊토끼의 가슴은 벌써 콩닥콩닥 뛰고 있었습니다. 그는 바다가 무언지 알고 있었습니다. 소년이 여러 번 바다에 대한 얘기를 들려줬기 때문입니다. 헝겊토끼는 밀려오는 커다란 파도와 뒤뚱거리며 옆으로 걷는 작은 게들과 근사한 모래성을 꼭 한번 보고 싶었습니다.

바로 그때, 나나의 눈에 헝겊토끼가 띄었습니다.

"저 낡아빠진 토끼 인형은 어떻게 할까요?"

나나가 이렇게 묻자 의사 선생님이 목청을 높였습니다.

"저 토끼 말이오? 저건 인형이 아니라 성홍열 병균 덩어리요. 그러니 당장 태워버리고, 저 아이에겐 새 인형을 하나 사주시오. 이제 저건 절대 가지고 놀면 안 됩니다. 아시겠소!"

그렇게 해서 작은 헝겊토끼는 낡은 그림책들이며 수많은 쓰레기들과 함께 마대 자루에 담겨서는 닭장 뒤쪽 정원 끝에 버려졌습니다. 그곳은 불을 피우기에 딱 알맞은 장소였지만, 그날은 정원사가 너무 바빠 그럴 짬이 없었습니다. 정원사는 감자랑 콩을 거두는 일을 서둘러 마친 뒤에 내일은 꼭 자루에 든 것들을 말끔하게 태워버리겠다고 사람들에게 약속했습니다.

그날 밤, 소년은 다른 방에서 잠들었습니다. 새로운 토끼 인형을 품에 안은 채로 말입니다. 그 토끼 인형은 정말 근사했습니다. 눈이 부실 정도로 멋진 흰색 털에 진짜 유리로 만들어진 눈까지 가지고 있었으니까요. 하지만 소년은 너무 흥분한 상태라 그런 사실을 제대로 알지도 못했습니다. 내일이면 소년은 바닷가에 가게 될 터였습니다. 이는 너무나도 근사해 다른 것을 생각할 겨를도 없었답니다.

소년이 바다를 꿈꾸는 동안에, 작은 헝겊토끼는 닭장 뒤 한쪽 구석에 놓인 낡은 동화책들 사이에 누워 있었습니다. 그는 너무나도 외로웠습니다. 다행히 마대자루가 꽉 묶여 있지 않아서, 몸을 조금 꿈틀거리자 자루의 입구가 벌여져서 고개를 쏙 내밀고 밖을 볼 수 있었습니다. 밤바람을 맞으니 몸이 떨려왔습니다. 지금까지 잘 정돈된 침대에서 밤을 보내온 데다, 소년의 품에 안겨 있는 동안 털이 빠지고 가죽이 닳아서 바늘땀까지 보일 지경이라 어느 것도 바람을 막을 수 없었습니다.

헝겊토끼의 떨리는 눈동자에 나무딸기 덤불의 모습이 들어왔습니다. 덤불은 그 사이 키가 훌쩍 자라 마치 열대 밀림처럼 보였습니다. 저 나무딸기 덤불의 그늘 아래서 소년과 함께 뛰어놀았던 수많은 아침이 주마등처럼 스쳐 지나갔습니다. 헝겊토끼는 햇살을 맞으며 보낸 정원에서의 시간들이 너무나도 그리웠습니다. 그리고 이내 그날의 행복만큼 큰 슬픔이 밀려왔습니다. 그 모든 날들이 눈에 선했습니다. 소년이 꽃밭에 만들어준 근사한 오두막, 고사리 숲 사이에 누워 있던 고요한 밤, 자신의 털 사이에서 뛰어놀던 개미들, 그리고 자신이 진짜임을 처음 알게 되었던 그 멋진 날까지, 기억 속의 모든 순간들은 참으로 아름다웠습니다.

그때, 현명하고 다정한 빼빼마른 말이 했던 말들이 떠올랐습니다. 하지만 모든 것들의 마지막이 이와 같다면, 누군가에게 사랑을 받고, 그러는 동안 간직했던 아름다움을 잃고, 마침내 진짜가 되는 그 모든 힘겨운 과정이 과연 무슨 의미가 있는 지⋯⋯. 생각이 여기에 까지 미치자 눈물이, 진짜 눈물이 헝겊토끼의 빛바랜 콧등을 타고 바닥으로 뚝뚝 떨어졌습니다. 그러자 정말 이상한 일이 일어났습니다. 눈물이 떨어졌던 바로 그

자리에 한 떨기 꽃봉오리가 수줍게 자라난 것입니다. 정원에서는 한 번도 본 적이 없는 참으로 신비스러운 꽃이었습니다. 에메랄드 빛 가녀린 꽃잎 한가운데에 황금빛 컵 모양의 꽃이 있었습니다. 그 모양이 얼마나 아름다웠던지 헝겊토끼는 도무지 눈을 떼지 못했습니다. 자신이 울고 있었다는 사실조차 잊었을 정도였지요. 얼마나 지났을까, 마침내 꽃봉오리가 꼭 다물고 있던 입을 열고 활짝 피어났습니다. 그리고 그 안에서 꽃보다 작은 요정이 가만히 걸어 나왔습니다.

그녀는 세상에서 가장 사랑스러운 요정임이 분명했습니다. 그녀는 진주와 이슬방울로 만들어진 옷을 입고, 꽃으로 만든 목걸이와 왕관을 쓰고 있었답니다. 그녀의 얼굴은 가장 아름다운 꽃처럼 눈이 부셨습니다. 그녀가 헝겊토끼를 향해 한 걸음 한 걸음 다가와 두 팔로 보듬어 안고는 눈물로 촉촉하게 젖은 그의 콧등에 따뜻한 입맞춤을 했습니다.

"작은 토끼야, 내가 누군지 알겠니?"

헝겊토끼가 요정의 얼굴을 가만히 바라봤습니다. 그리고 보니 전에 본 적이 있는 것만 같았습니다. 하지만 어디서였는지

도무지 생각이 나질 않았습니다.

그러자 그녀가 한번 빙그레 미소를 짓더니 말했습니다.

"나는 놀이방에서 마술과 같은 일들을 일어나게 하는 요정이란다. 어린아이들에게서 사랑을 받았던 장난감들을 돌보는 것이 내 일이지. 장난감들이 너무 나이가 들고 낡아서 아이들이 더 이상 놀아주지 않게 되면, 내가 그들을 진짜로 만들어준단다."

"그러면 저는 진짜가 아니었나요?"

헝겊토끼가 슬픈 눈을 하고서 묻자 요정이 다정한 목소리로 대답했습니다.

"물론 소년에게는 진짜였지. 소년은 진심으로 널 사랑했으니까. 이제는 세상 모든 이들에게 진짜가 될 때가 되었단다."

요정은 작은 헝겊토끼를 살포시 품에 안고서 숲을 향해 날아갔습니다.

어느새 하늘 높이 떠오른 달님이 세상을 환하게 비추고 있었습니다. 달빛을 머금은 숲은 참으로 아름다웠습니다. 뽀얀 은빛으로 반짝이는 고사리 잎들이 어디선가 불어오는 산들바람에 맞춰 하늘하늘 춤을 췄습니다. 나무들 기둥 사이에 만들어진 아늑한 숲 속의 빈터에서는 진짜 토끼들이 부드러운 풀밭에 드리워진 자기들 그림자와 어우러져 흥겨운 춤을 추고 있었습니다. 하지만 요정을 발견하고는 제자리에 멈춰 서서 요정을 감싸듯 동그랗게 모여 섰습니다. 그리고 모두 요정을 가만히 바라보았습니다.

요정이 말했습니다.

"새 친구가 왔단다. 마음을 다해 따뜻하게 대해 주고, 토끼 세계에서 알아야 할 것들도 모두 잘 일러주렴. 이제 너희들과 영원히 함께 살게 될 테니 말이다!"

요정은 헝겊토끼에게 다시 한번 입맞춤을 한 뒤에, 그를 풀밭 위에 살포시 내려주었습니다.

"달려가서 친구들과 함께 즐겁게 지내렴, 작은 토끼야!"

요정이 헝겊토끼를 다정한 눈길로 바라보며 말했습니다.

하지만 작은 헝겊토끼는 꼼작도 않은 채 잠시 그대로 앉아있었습니다. 그의 주변을 동그랗게 감싸고 흥겨운 춤을 추고 있는 진짜 토끼들을 보자, 문득 자신에게는 뒷다리가 없다는 사실이 생각났습니다. 다른 토끼들에게는 자신의 가슴 아래가 모두 한 조각으로 만들어졌다는 사실을 감추고만 싶었습니다. 조금 전에 요정이 입맞춤을 했을 때, 그녀가 자신을 완전히 변하게 했음을 헝겊토끼는 아직 모르고 있었습니다. 갑자기 뭔가 그의 코를 간지럽게 해 자신도 모르는 사이에 코를 긁으려 뒷발가락을 들어 올리지 않았더라면, 너무나도 부끄러워서 꼼작도 하지 못한 채 한참동안 그대로 앉아만 있었을 것이 분명했습니다.

그때서야 헝겊토끼는 자신에게도 뒷다리가 있다는 사실을 알게 되었답니다! 때 묻은 벨벳이 아닌 부드럽고 반짝이는 갈색털이 온몸을 뒤덮고 있고, 쫑긋 선 두 귀가 제힘으로 씰룩거리며, 탐스러운 수염이 풀밭에 닿을 정도로 길게 자랐다는 사실도 말입니다. 그는 크게 한 번 껑충 뛰어오르며 기쁨을 만끽했습니다. 뒷다리를 사용할 수 있다는 것은 정말이지 굉장한 일이었습니다. 잔디 위로 스프링처럼 튀어 오르고, 길가를 펄쩍 펄쩍 뛰어다니고, 제자리에서 뱅글뱅글 맴돌 수도 있었으니까요. 그리고 얼마나 지났을까, 문득 멈춰 서서 요정을 찾았지만 그녀는 벌써 어디론가 사라지고 없었습니다.

이제 그는 진짜 토끼였습니다.

가을이 가고 겨울이 지났습니다. 그리고 또 다시 봄이 왔습니다. 하루가 다르게 날이 포근해지고 햇살이 점점 따사로워지자, 소년이 집 뒤쪽에 있는 숲으로 놀러 나왔습니다. 고사리 숲 속에서 살며시 나타난 토끼 두 마리가 놀고 있는 소년을 신기한 듯이 바라보았습니다. 소년도 그 토끼들을 가만히 쳐다보았습니다. 한 마리는 온몸이 갈색 털로 덮여 있었지만, 다른 한 마리는 털 아래쪽에 이상한 무늬가 있었습니다. 마치 아주 오래전에 생겼던 얼룩의 흔적이 아직도 사라지지 않은 것만 같았습니다. 그리고 작고 촉촉한 코와 동그랗고 까만 눈도 왠지 낯이 익었습니다. 그러자 소년이 이렇게 중얼거렸습니다.

"이 녀석, 내가 아팠을 때 잃어버렸던 헝겊토끼랑 너무 많이 닮았네!"

하지만 소년은 알지 못했습니다. 눈앞에 서 있는 저 토기가 바로 그토록 아끼고 사랑했던 헝겊토끼이며, 진짜 토끼가 될 수 있도록 도와준 소년을 보기 위해 다시 돌아왔다는 것을요.

진짜가 된다는 것

'진짜가 되는 12가지 이야기'는 아주 뜻밖의 장소에서 시작되었습니다. 어느 날, 정기검진을 받기 위해 병원을 찾았습니다. 순서를 기다리며 대기실 한쪽에 놓여 있던 잡지를 읽고 있었는데, 그 안에는 미소가 가득한 완벽한 외모의 사람들의 사진이 가득했습니다. 나는 고개를 들어 대기실 안을 한 바퀴 둘러봤습니다. 그 안에 있는 사람들 또한 다를 바가 없었습니다. 겉으로 보아서는 그 누구도 아프거나, 걱정이 있거나, 부족함이 있을 것 같지 않았습니다. 모두 값비싼 차림을 하고, 얼굴에는 적당한 미소를 머금고 있었습니다. 그러고 보니 나 또한 그러하더군요. 잡지속의 그들처럼, 우리는 순서를 기다리고 있는 그 순간에도 다른 사람들에게 근사해보이려 무진 애를 쓰고 있더군요.

그때, 병원 문이 열리면서 휠체어를 탄 70대 중반의 할머니 한 분이 들어오셨습니다. 사실 문을 연 것은 그분과 비슷한 연배의 할아버지였는데, 아마도 할머니의 남편분인 듯 했습니다. 접수를 마친 두 분은 천천히 대기실로 들어섰습니다.

할머니의 두 눈은 반짝이고 있었지만, 분명 어딘가 많이 편찮으신 것 같았습니다. 두 손은 쉴 새 없이 떨렸고 산소 탱크에 의지한 채 숨을 쉬고 있었습니다. 할머니의 얼굴에는 화장기가 전혀 없었습니다. 창백하고 주름진 피부 아래로 붉은 반점들과 파란 혈관들이 그대로 드러나 보였습니다. 옷 또한 결코 여성스럽거나 유행에 걸맞은 것이 아니었습니다. 가능하면 피해야 한다고 배워온 모든 것들이 할머니 안에 있었습니다. 할머니는 약하고 아파 보였습니다. 뿐만 아니라, 그런 자신의 인상이 다른 사람들에게 어떻게 보일까에 대해 전혀 신경 쓰지 않고 있었습니다.

백발인 할머니 남편은 카키색 바지에 면 셔츠를 입고 있었습니다. 민첩하고 자그마한 체구의 할아버지는 한눈에 보기에도 아주 건강해보였습니다. 그분은 휠체어를 움직여 편안한 곳에 자리를 잡은 후 할머니 옆에 무릎을 꿇고 앉았습니다. 그러고는 당신 셔츠의 소매를 걷어 올린 뒤에 할머니의 성성한 머리카락을 어루만 졌습니다. 접은 소매 사이로 오래된 듯한 문신이 살짝 드러났습니다. 젊은 여인의 모습이었는데, 아마도 옛날에 이름을 날리던 여배우인 것 같았습니다. 산소가 제대로 공급될 수 있도록 산소통과 연결된 튜브를 매만질 때면 할아버지는 할머니의 귀에다 무어라 속삭였습니다. 그럴 때마다, 할머니의 얼굴에는 환한 미소가 피었습니다.

펼쳐든 잡지 너머로 두 분의 모습을 보다가 그만 나는 알 수 없는 질투심에 사로잡혔습니다. 내 눈앞에는, 쇠약할 대로 쇠약해진 육체로 매 순간 분투를 하고 계신 할머니 한 분이 있었습니다. 하지만 그분은 이 모든 상황에 부끄러움을 느끼지도 당황하지도 않았습니다. 오히려, 당신이 누구이며 그 안에 어떤 가치가 깃들어 있는지를 잘 알고 있는 평화로움이 뿜어져 나오고 있었습니다. 할아버지는 분명 할머니를 무척이나 사랑하며 두 분이 함께할 수 있는 모든 순간을 소중하게 여기고 있었습니다. 나는 할아버지의 팔에 새겨진 문신을 보며 지나간 그분의 젊은 시절을 떠올렸습니다. 그 무렵, 할아버지에게도 분명 아름다운 여인들 때문에 속을 태운 밤이 있었겠지요. 어쩌면 지금의 아내가 그 마음을 달래 준 어여쁜 소녀였는지도 모릅니다. 하지만 내가 바라보았던 그 순간, 할아버지가 깊이 사랑했던 것은 할머니의 육체 안에 깃든 진실과 본질이었습니다. 젊은 시절에는 미처 보지 못했던 감춰진 아름다움을 할아버지는 이제 마음으로 읽어내고 있었습니다.

병원에서 노부부를 만난 뒤 몇 주 동안, 나는 알 수 없는 부러움의 정체를 이해하려 애썼습니다. 내게도 나만을 끔찍이 아끼고 사랑해주는 남편이 있었습니다. 또한 보람을 느낄 수 있는 직업과 바라보기만 해도 행복한 두 아이, 에이미와 엘리자베스가 있었습니다. 하지만 마음속 깊은 곳에서는 그 할머니야말로 내가 진정으로 소망하는 무언가를 가졌다는 느낌을 지울 수 없었습니다. 이는 할머니의 얼굴과 할아버지와 주고받는 모든 행동 속에 깃들어 있었지만, 안타깝게도 나는 그것이 무언지 한마디로 집어

낼 수 없었습니다.

　우리가 그토록 찾아 헤매던 문제의 해답은 때로 전혀 예기치 못한 순간과 낯선 장소에서 불쑥 그 모습을 드러냅니다. 어느 여름 저녁, 부엌에서 식사를 준비하던 내게도 그런 일이 일어났습니다. 냉장고에서 채소를 꺼내고 찬장에서 냄비와 팬을 내리는데, 옆방에서 책 읽는 소리가 들렸습니다. 여섯 살인 엘리자베스가 두 살배기 동생 에이미에게 동화책을 읽어주는 모양이었습니다. 그 목소리가 하도 예뻐서 가만히 들여다보았습니다. 한 손에 제일 좋아하는 담요를 꼭 쥐고, 무릎에 제일 아끼는 곰 인형 로렌을 가만히 올려놓은 채 언니가 들려주는 동화에 온통 마음을 빼앗긴 에이미의 입에는 나머지 한 손이 쏙 들어가 있었습니다. 엘리자베스는 분신처럼 여기는 곰 인형 테드를 옆에 바짝 붙여 앉혀두고는 제일 좋아하는 동화 중 하나인 마저리 윌리엄스의 《헝겊토끼》를 읽어나갔습니다.

　어느 날, 진짜가 된다는 게 뭐냐고 헝겊토끼가 물었습니다. 나나가 아직 방을 치우러 들어오지 않아 장난감 친구들이 놀이방 여기저기에 흩어져 있을 때였지요.

"몸 안에서 윙윙 소리를 내는 톱니랑 몸 밖으로 튀어나온 태엽을 가지게 된다는 뜻인가요?"

그러자 빼빼마른 말이 대답했습니다.

"진짜라는 건, 겉모습으로 결정되는 게 아니란다. 물론, 네게도 일어날 수 있는 일이지. 어떤 꼬마가 아주 오랫동안 너를 사랑한다면 그렇게 될 수 있단다. 그러니까, 너랑 그냥 놀기만 하는 것이 아니라 너를 진짜로 사랑하면, 네가 진짜가 된다는 말이란다."

"아프지 않을까요?"

"가끔은 그래. 하지만 진짜가 된다면, 아픈 것쯤은 별일 아니지."

언제나 사려 깊은 빼빼마른 말이 이렇게 얘기했습니다.

오기심 많은 헝겊토끼가 다시 물었습니다.

"진짜가 되는 것 말이에요. 태엽이 풀리듯이 순식간에 그렇게 되는 건가요, 아니면 조금씩 그렇게 되는 건가요?"

빼빼마른 말이 웃으며 대답했습니다.

"순식간에 진짜가 되는 일은 없단다. 진짜가 되려면, 아주 오랜 시간이 필요해. 그래서 쉽게 헤어지거나 너무 날카롭다거나 참을성이 없는 사람들에게는 이런 일이 일어날 수 없는 거야. 진짜가 될 때쯤이면 누구나 머리칼이 성성해지고, 눈이 떨어져 나가고, 팔다리에 힘이 빠지고, 차림 또한 더없이 초라하게 변하지. 지금은 듣기만 해도 끔찍하겠지만, 그런 순간을 맞으면 이런 것쯤은 아무런 상관도 없단다. 왜냐하면, 일단 진짜가 되고 나면, 어떠한 모습도 더 이상 추하지 않기 때문이야. 물론 진짜가 된다는 것이 무슨 의미인지 이해하지 못하는 사람들에겐 그렇지 않겠지만 말이다."

나는 이 말을 듣는 순간, 감동이 물밀 듯이 밀려왔습니다. 그리고 그동안 나를 감싸고 있던 알 수 없는 질투심의 정체를 비로소 이해할 수 있었습니다. 토끼와 빼빼마른 말이 표면적인 아름다움과 진정한 아름다움의 차이에 대해 얘기하고 있음을 깨달은 것입니다. 고유한 인간으로서 우리 모두가 지닌 내면의 아름다움 말입니다. 이들은 스스로 한 점 부끄러움 없이 열심히 살아간다면, 어떠한 고난이나 도전도 우리를 더욱 진정으로 존재하게 하며 더욱 사랑스럽게 할 뿐이라고 얘기하고 있었습니다. 또 이러한 가치를 볼 수 있는 이들의 사랑과 보살핌이 우리를 더더욱 진정으로 존재하게 한다고요.

결국 나는 병원 대기실에서 만났던 할머니에 대한 나의 반응을 이해할 수 있었습니다. 그녀는 힘이 빠진 팔다리를 휠체어에 의지하고 있었습니다. 머리숱은 성성했으며, 그 차림새 또한 초라하기 그지없었습니다. 하지만, 그녀에게는 어떠한 근심도 걱정도 부끄러움도 느껴지지 않았습니다. 그녀는 다만, 자신의 모습을 있는 그대로 받아들일 뿐이었습니다. 그녀는 자신이 얼마나 소중하며 무엇과도 바꿀 수 없는 가치의 존재라는 사실을 잘 알고 있었습니다. 그녀는 진짜였습니다. 그녀는 불완전한 한 인간으로서 진정한 자신의 모습을 사랑하고 받아들이고 있었습니다.

대기실에서의 한 순간이 내 마음속에 그토록 선명하게 남아 있는 것은 남편 또한 진정한 그녀의 가치를 잘 알고 있었기 때문입니다. 할아버지에게 당신의 아내는 결코 추하게 보일 수 없었을 것입니다. 그녀는 단지 그녀 자신일 뿐이었으니까요. 다른 모든 이들이 할머니의 모습을 부끄럽게 여기는 그 순간에도, 할머니의 진짜 모습을 알기에 할아버지는 그 모든 시선에서 자유로울 수 있었을 것입니다. 문신을 새겼던 지난날에 집착했던 표면의 아름다움을 완전히 떨쳐버린 순간, 아내의 깊고 깊은 내적 자아를 사랑하게 되었을 것입니다.

《헝겊토끼》의 주인공들은 우리에게 속삭입니다. 인생에서 가장 중요한 것에 집중할 때 평화로움을 느낄 수 있다고. 사랑도 인간관계도 서로의 마음을 어루만지는 일도 바로 여기에서 시작된다고……. 빼빼마른 말은 현명하며 많은 경험을 지닌 너그러운 인생 선배입니다. 우리의 모습을 꼭 닮은 헝겊토끼는 불완전하며 자신이 있어야 할 곳을 찾느라 분주합니다. 또 전혀 기대하지 못했던 새로운 인생과 조우할 수 있기를 간절히 원합니다.

다른 동화에서처럼, 마저리 윌리엄스의 이야기 속 인간들도 놀이방의 장난감들 사이에서 이토록 극적인 일이 벌어지고 있다는 사실을 전혀 알아채지 못합니다. 이야기 속에서, 작은 헝겊토끼는 자신의 주인인 소년이 열병을 앓을 때 그의 곁을 떠나지 않습니다. 소년이 회복하자, 의사는 이 토끼가 '세균 덩어리'이니 당장 없애버려야 한다고 주장합니다. 결국 토끼는 버림을 받지만, 얘기는 여기에서 끝나지 않습니다. 쓰레기들과 함께 불에 타 한 줌 재가 될 순간만을 초조하게 기다리던 토끼는 순간, 한 소년에게만 의미 있던 인형에서 모든 것들에게 진정한 의미를 지니는, 실재로 살아 숨 쉬는 존재로 탈바꿈합니다. 그리고 다른 진짜 토끼 친구들과 멋진 인생을 함께 하기 위해 세상 속으로 걸음을 내

믿습니다. 이것으로 현명하고 확고했던 빼빼마른 말의 이야기는 모두 사실임이 증명됩니다. 진정으로 존재한다는 것은 우리를 완전히 변화시킵니다.

동화책을 다 읽고 거실로 나온 엘리자베스와 에이미는 자신들이 아끼는 인형에서 눈을 떼지 못했습니다. 엘리자베스의 곰 테드는 한쪽 눈이 떨어져나가고 없었습니다. 에이미가 아끼는 곰의 흰색 털은 거무죽죽한 회색으로 변한 지 오래인 데다, 수놓은 분홍 코도 벌써 조금 해졌습니다. 딸들은 자신들의 깊은 사랑을 듬뿍 받은 곰들이 언젠가는 진짜 곰이 될 거라는 데 의견을 함께 했습니다. 녀석들은 부족함 속에도 저마다의 소중한 가치가 깃들어 있다는 사실을 이제 알게 된 것 같았습니다.

❧

그 뒤로 몇 주가 흘렀을 때, 나는 《헝겊토끼》의 교훈이 오래전부터 내 안에 자리하고 있던 아픔을 흔들어 놓았다는 사실을 깨달았습니다. 누가 보기에도 부족할 것 없는 삶을 살아가고 있음에도 내게는 휠체어를 탄 할머니가 가지고 있던 확신이나 완전함, 그리고 자의식 같은 것이 존재하지 않았습니다. 한 사람의 젊은 여성이자 어머니, 아내이자 전문 직업인으로서 나는 불안감과 회의감에 시달렸습니다. 날마다 누구보다 자신 있는 모습으로 하루를 시작했지만, 사실 마음속 깊은 곳에서는 아무것도 확신하지 못했습니다. 그러고 보면 나는 온전히 진짜가 아니었던 겁니다.

진정으로 존재한다는 것의 중요성을 이해하자 나에게 새로운 시각이 생겼습니다. 그리고 이렇듯 보다 사실적인 관점은 천천히 나를 변화시켰습니다. 내게는 큰 단점이 있었습니다. 끊임없이 스스로 비판하고 결점을 들추어내려는 것이었지요. 나는 이 성향을 잠재우려 애쓰기 시작했습니다. 결국 세상 어디에도 완벽한 사람은 존재할 수 없기에, 자신의 결점을 들추어내고 이를 가지고 괴로워하는 일이 얼마나 자기 파괴적인지 깨닫게 되었으니까요. 그동안 흥미로웠던 미술이나 내 자신의 유머감각 등에도 관심을 기울였습니다. 그러자 지금 있는 내 모습 그대로 사랑받기에 부족함이 없다는 사실을 깨달을 수 있었습니다.

진정으로 존재한다는 것의 가치를 인식하고 나면, 다른 모든 사람들과 꼭 같은 방식으로 살아갈 필요가 없다는 사실이 당신의 눈에도 보이게 됩니다. 내게 그런 일이 일어났을 때, 나는 그동안 관심을 가지고 있던 일들로 내 삶을 채워갔습니다. 나는 미술 수업에 등록을 했고 아담한 작업실을 꾸몄으며, 그림을 그렸습니다. 그리고 다른 사람들이 쓰레기통에 버리는 물건들을 모아서, 물감이나 유리, 타일 조각으로 이를 장식했습니다. 버려진 물건들의 진정한 모습을 찾을 수 있도록 나만의 방식으로 한 것입니다. 이들에게 관심과 정성을 기울이자 그 안에 잠들어 있던 고유한 가치를 이끌어낼 수 있었습니다. 그러자 점점 내 주변의 모든 것들에 저마다의 소중한 가치가 깃들어 있다는 생각이 들더군요. 나는 이가 나가거나 깨진 도자기 접시들을 이용해 부엌 한 쪽 벽을 아름답게 장식했습니다. 현관 앞 복도에는 마치 프레스코 벽화처럼 바람에 흔들리는 나무를 스텐실로 새겨 넣었습니다. 어느새 나는 진정한 내 모습으로 살아가는 과정에 행복을 느끼고 있었습니다.

진짜가 되려는 노력의 일환으로 내 자신을 받아들이자 일상생활 속에서 느끼던 불안과 초조가 줄어들었을 뿐만 아니라, 훨씬 더 편안해질 수 있었습니다. 이것은 다른 사람을 바라보는 방식에도 물론 영향을 미쳤습니다. 인내심과 열린 마음이 생기자 이는 바로 효과를 보았습니다. 나는 내가 사랑하는 이들 곁에 한걸음 더 다가설 수 있었습니다. 새로운 이해 덕분에 나 스스로에게 너그러워질 수 있었듯이, 다른 이들도 그러할 수 있었으면 하는 생각이 든 것은 그 무렵이었습니다. 그들은 자신에게 일어난 이러한 변화를 어떻게 생각하고 느낄지도 무척 궁금했습니다. 이들에게 들은 대답은 정말 흥미로웠습니다. 나는 진정한 자아를 찾아가는 과정이 저마다 특별하다는 사실을 발견했습니다. 하얗게 쏟아지는 눈송이들이 모두 다르게 생겼듯이, 진짜의 모습으로 살고자 하는 사람들 또한 그러했습니다. 끊임없이 계속되는 변화들이 모두 다 즐거운 첫눈이 되어 각자의 가슴 속에 펑펑 쏟아져 내렸습니다.

《헝겊토끼》 속에서 얻은 교훈이 그저 개인적인 깨달음에 지나지 않았다 해도, 분명 대단한 선물이었을 것입니다. 무엇보다도 나는 이 이야기 덕분에 인생을 바라보는 새로운 시각이 생겼고

수년 동안 나를 괴롭혀오던 자기 비판과 불신감에서 벗어났으니까요. 또, 진정으로 존재한다는 개념이 다른 사람들까지 행복하고 평화롭게 만드는 것도 알았습니다.

고통스런 마음을 추스르고 보다 나은 삶과 일과 인간관계를 영위해나가고자 나를 찾아온 이들을 돕는 것이 바로 심리치료사로서 내가 하는 일입니다. 나는 그동안 식이장애, 강박관념, 우울증, 불안감, 약물 남용 문제로 어려움을 겪고 있는 수많은 사람들을 만났습니다. 일부이기는 했으나 무기력한 감정을 없애려 자학을 선택한 이들도 있었습니다.

그 증상들은 매우 광범위했지만, 중압감을 느끼는 상황에서라면 누구나 한두 번 쯤 느껴보았을 것들이었습니다. 나를 찾은 이들은 상실감과 무의미하다고 느끼는 데서 오는 공허감을 호소했습니다. 그들은 있는 그대로 자신들을 받아들여주지 않고 사랑해주지 않는 세상에서 살아가는 것에 너무나도 힘겨워 했습니다. 또한 소중한 무언가를 잃어버렸을 때의 슬픔과 아픔을 감당하지 못했습니다. 어떤 이는 '가슴이 텅 빈 것 같다'거나, '뱃속을 바늘로 콕콕 찌르는 것 같다'고 표현 했습니다.

대개는 치료가 효과를 발휘합니다. 사람들은 내 사무실로 찾아와서 자신의 과거와 현재를 돌아봅니다. 이 과정에서 내가 도움을 드리는 것이지요. 이러한 과정을 통해 자신을 좀 더 다정하게 바라보고 자신의 결점과 부족함을 받아들일 수 있는 보다 너그러운 성품을 길러나가게 됩니다. 또한 자기만의 개성과 가치에 대한 새로운 믿음을 키워나갑니다. 그러면 이들을 내 사무실로 이끌었던 상당부분은 사라지게 된답니다.

이들의 변화를 어찌 설명하면 좋을까요. 물론 심리학 전문 용어를 사용할 수도 있을 것입니다. 하지만, 내가 치료과정에서 보고 느낀 모든 것들을 담기에 그 언어들은 너무 형식적이고 딱딱합니다. 그보다는 이렇게 얘기하는 것이 훨씬 더 나을 것 같습니다. 이들은, 서서히 진짜가 되어 가고 있었다고요.

진짜가 된다는 것은 결국 모든 심리치료의 목표입니다. 이는 자신과 다른 사람들을 존중하며 살아간다는 것입니다. 또한 기품 있고 친절하며 성실하게 인생을 살아가고, 그 속에서 자신을 있는 그대로 표현하는 것입니다. 스트레스를 받을 때나, 다툼이 일어났을 때나, 슬픔에 잠겼을 때나, 무언가를 잃어버렸을 때도 변함없이 말이지요.

진정으로 존재한다는 것이 지닌 무한한 힘에 대해 이토록 확신을 하는 데는 세 가지 이유가 있습니다. 우선, 내가 삶 속에서 이를 직접 경험했습니다. 그리고 이것이 나를 찾아 사무실로 온 이들의 삶 속에 끼친 긍정적인 영향을 보았습니다. 끝으로, 내가 대학생들에게 소개했을 때, 학생들은 이 개념에 용기를 얻고, 어렵지 않게 자신들의 생활 속에 구체화시켜 나갔습니다. 이것이 벌써 십여 년 전의 일입니다. 그동안 이 개념의 가치를 알아보고 도움을 받은 수많은 이들을 만났습니다.

인생에 있어 커다란 변화가 생길 때면 비로소 자신이 세상의 사람들과 다르다는 것을 느낄 수 있습니다. 담배를 끊은 뒤에야, 얼마나 많은 사람들이 여전히 담배에 중독되어 있는지를 깨달을 수 있는 것처럼 말이죠. 진짜가 되기로 결심하면, 당신에게도 이와 같은 일이 일어날 겁니다. 그제야, 얼마나 많은 사람들이 진짜와는 동떨어진 모습으로 살아가는지 깨닫기 시작하는 것이지요.

내가 가르치는 수많은 학생들 중 극히 일부만이 자신의 개성을 스스럼없이 드러냅니다. 대부분은 다른 학생들의 의견에 지나치게 연연해합니다. 교수인 내 의견은 두말할 것도 없지요. 때문에 살아가면서 부딪치게 될 다양한 경우에 걸맞은 다양한 모습을 미리 마련해두는 일도 흔합니다. 사회생활을 하며 만난 사람들도 내 학생들과 크게 다르지 않았습니다. 심지어 내 가까운 친구들에게서도 남들과 다르게 비춰질 때 불안해하는 모습을 발견하는걸요.

진정한 모습으로 존재하지 못하는 것 자체만으로도 사람들은 충분히 괴로워합니다. 문제는 여기에 그치지 않습니다. 이들 중 대부분은 자신을 남들과 다르고 특별하며 하나뿐인 존재로 만드는 모든 것을 부정하고 감추며, 심지어 파괴하려고 애씁니다. 그들은 다른 사람들의 마음에 들만 한 외양을 갖추기 위해 엄청난 에너지와 시간과 돈을 쏟아 붓습니다. 그들은 진정한 자신의 모습과는 거리가 먼 길로 이렇게 자신을 몰아갑니다. 결국 하나의 물질이 되어버리고 마는 것이지요.

외양에 집착하는 것은 자신을 하나의 대상으로 만들어가는 지름길입니다. 하지만 이는 물질적인 사람들에게 보이는 여러 가지 행동양식 중 일부에 지나지 않습니다. 그들은 다른 사람들이 자신의 직업과 자신의 배우자와 자신의 집에 대해 어떻게 생각할지 늘 걱정합니다. 자신이 몰고 다니는 자가용이 이웃과 친구들에게 자기가 누구인지를 말해준다고 여깁니다. 그들은 유명한 디자이너가 디자인한 옷을 즐겨 입습니다. 심지어 자녀들에게조차 자신들처럼 행동하고 같은 종류의 옷을 입으라고 요구합니다. 누군가 자신의 개인적인 결점이나 문제들을 눈치 챌지 모른다는 단순한 생각이 바로 끊임없이 솟아나는 근심의 샘이 되는 것이죠.

자신이 물질적인 사람이라는 것을 인정하기는 쉽지 않습니다. 이러한 사실을 설명하려고 처음 시도했을 때, 사람들은 한결같이 말합니다.

"아, 무슨 말씀인지 잘 알겠네요. 나도 그런 사람을 하나 알고 있답니다."

그동안 우리 모두가 자기 안에 자리한 진정한 자아를 모른 척해왔다는 사실을 알아채는 것 또한 쉽지 않은 일입니다. 물질적인 존재가 되는 과정 또한 진짜가 되는 과정만큼이나 서서히 이루어지는 까닭에, 사실 이런 일들이 일어나고 있다는 사실조차 알아챌 수 없는 것입니다.

우리를 진짜와는 동떨어진 모습으로 살아가게 하는 보다 의미 있고, 보다 강력하며, 보다 구체화된 사회 권력은 너무 다양하고, 너무 널리 퍼져 있으며, 너무 일관되게 우리 삶의 풍경에 녹아 있습니다. 마치 늘 곁에 있으나 느낄 수 없는 공기나 빛처럼요. 그러니 이들을 제대로 알기 위해서는 늘 정신을 바짝 차려야 합니다.

❦

순응하지 않고는 배길 수 없도록 우리를 몰아가는 사회적 압박 또한 우리로 하여금 무가치한 감정을 느끼게 합니다. 헝겊토끼는 모든 이가 화려하고 새로운 존재가 되려는 세상 속에서 살아가고 있습니다. 그 세상 속에서 모든 장난감은 화려하고 새로운 현대적인 모델인 것이 당연시됩니다. 그러니 헝겊토끼는 톱밥과 벨벳으로 만들어지고 가슴 아래는 한 덩어리로 된 자신이, 이상적인 모습과 얼마나 동떨어져 있는지 잘 알고 있습니다. 때문에 다른 장난감들과 비교되는 자신의 부족함 앞에서 늘 불안감을 드러냅니다.

우리가 살아가는 이 세상에서 한 인간의 가치를 결정하는 기준에는 일반적으로 부유함, 외적인 아름다움, 대중의 갈채, 권력, 평판과 같은 것들이 포함됩니다. 그러니 이 모든 조건을 갖추고 있어 가치 있다고 여겨지는 사람들이 과연 얼마나 되겠습니까. 모든 조건을 갖춘 극히 일부분의 사람들은 모두 꼭 같은 모습을 하고 있습니다. 일반적으로 상냥하지만 모두 한결같은 모습과 행동과 말투가 지루하게 느껴집니다. 이들은 내가 이른바 '일반의 왕국' 이라 일컫는 상상 속 사회의 선도적인 시민들입니다.

《헝겊토끼》 속의 자동 인형들이 그러하듯이, 일반의 왕국에서 살아가는 시민들 또한 모두들 최신 유행과 패션 경향에 촉각을 곤두세웁니다. 그들은 자기 내면의 말보다 상대적으로 다수의 말에 따릅니다. 그것이 설령 '나쁜 사람' 역할이라 할지라도 자신들에게 기대되는 역할에 충실합니다. 그리고 특별한 재능이나 창조력, 혹은 독립심을 드러내는 일 또한 거의 없습니다.

우리의 문화가 이와 같은 규칙을 잘 지키는 사람들에게 얼마나 큰 가치를 부여하는지 이해하려면, 잡지나 텔레비전 광고 속의 여인들의 모습을 잘 관찰해볼 필요가 있습니다. 최고의 모델들은 엄청난 돈을 벌고, 노벨상 수상자들보다도 훨씬 더 세상 사람들의 주목을 받습니다. '모델'이란 결국 세상이 요구하는 것들의 완벽한 재현이나 모방입니다. 기계처럼 움직이는 운동선수나 팬들이 원하는 이미지로 완벽하게 치장한 팝스타들 또한 예외는 아니지요.

영화배우나 운동선수, 그리고 모델들이야말로 일반의 왕국의 등불입니다. 매스미디어에서부터 회사, 학교, 가족에 이르기까지, 이 사회에서 통용되는 거의 모든 힘 있는 매체들에 의해 이들의 가치가 더욱 높아집니다. 이를 바탕으로 정의된 '근사한 인생'이란 너무나도 완벽해 우리가 감히 따라할 수 없을 정도입니다. 그럼에도 불구하고 우리를 둘러싼 문화는 우리의 행동을 감시합니다. 우리가 이 도달 불가능한 정의에 못 미치는, 부족한 인간인지 아닌지를 말입니다. 그 결과 우리는 능력 없는 사람들에게 내려지는 벌을 받게 될까 두려워합니다. 한 마디로 부끄러움을 느끼게 될까 겁을 내는 것이지요.

⸎

이 동화 속에서, 헝겊토끼는 진짜가 되기까지 수많은 난관에 부딪힙니다. 그중에서 그를 가장 힘들게 한 것은 다른 인형들의 눈에 자신의 모습이 너무 초라하게 보인다는 사실이었습니다. 이 야기가 시작될 무렵, 헝겊토끼는 놀이방에서 일반적으로 통용되는 생각을 그대로 받아들이는 것처럼 보입니다. 그래서 볼품없고 결점투성이인 자신의 모습에 심한 부끄러움을 느낍니다.

부끄러움보다 더 강력한 감정은 찾아보기 힘듭니다. 부끄러움은 당신을 고립시킵니다. 스스로 혼자뿐이라는 느낌을 갖게 합니다. 부끄러움이란 너무나도 불안정한 감정이어서 오랜 세월이 흐른 뒤에도 생생하게 되살아나곤 합니다. 또한 너무나 강력하기에 사람들은 반사적으로 이를 피해가기 위해 가능한 모든 일을 하게 됩니다. 그러니 일반의 왕국에서 지극히 물질적인 규율을 강화하는 데 이보다 더 효과적인 수단이 어디 있겠습니까.

예를 하나 들어볼까요. 나는 최근까지도 내 겨드랑이에는 아무런 문제가 없다고 믿었습니다. 그런데 땀 냄새 제거제를 소개하는 광고가 내게 속삭이더군요. 남자들은 아름답고 부드럽고 뽀송뽀송한 겨드랑이를 너무너무 좋아해서 이를 두고 친구들끼리 진지한 대화를 나누기도 하며, 심지어 매력적인 겨드랑이를 가진 여자를 동경하기까지 한다고요. 정말 말도 안 되는 소리지만, 이런 광고가 지극히 평범한 여성에게 바쁜 일상을 잠시 멈추고 자신의 겨드랑이 상태가 어떤지 생각에 잠기게 할 수도 있는 것을요. 전에는 전혀 부끄럽지 않던 겨드랑이를 두고 나는 잠시 이런 생각을 했습니다. '내 겨드랑이는 충분히 뽀송뽀송한가?', '나야말로 땀 냄새 제거제를 사야 하는 게 아닐까?'

일반의 왕국의 대중매체는 부끄러움을 이용해 당신을 직접적으로 위협하지는 않습니다. 대신에 옷이나 맥주, 입 냄새 제거제와 같은 어떤 특정한 물건이 당신을 행복하게 해줄 거라는 약속을 던지지요. 이런 경우 특별히 부끄러움을 자극하는 언어가 사용되곤 하는데, 나는 이를 '물건 언어'라 부르지요.

물건 언어는 인생의 소중하고 복합적인 모든 것들을 단순한 물질이나 구입해야 할 물건으로 바꿔버립니다. 물건 언어의 맥락에서 보자면, 상점은 '훌륭한 값'에 우리에게 '안락한 삶'을 제공하는 곳입니다. 우리는 그곳에서 행복을 구입할 수 있습니다. 그것도 할인된 값으로…….

누군가 당신에게 당신이 어떤 사람인지 묻는다면, 뭐라 대답하나요?

"나는 주부이고 회사원인 동시에 학생이에요."

사람들은 이렇게 자신의 역할들로 자신을 소개하지요. 상처 입은 바닷새를 구조하는 환경운동에 큰 관심이 있고, 아픈 어린이를 위해 병원에서 봉사활동을 하며, 손으로 만든 카드를 소중한 친구들에게 보내고, 오렌지색을 무척이나 좋아하는 그 사람이 아닌, 볼품없는 중고차를 운전하는 한 사람으로 당신 자신을 기억합니다.

물론, 물건이란 본디 흉악하다거나 상업 광고는 나쁘다는 식의 주장은 참으로 우스꽝스럽지만, 나는 말하고 싶습니다. 너무나도 많은 이들이 진정한 행복과 성공의 기반을 물질의 획득과 자신의 이미지를 향상시키는 데 두고 있다는 것을요. 매년 미국의 젊은이들을 대상으로 그들의 꿈과 희망을 조사한 보고서가 이를 잘 드러내고 있습니다. 조사가 시작된 1950년대부터 몇 십 년 동안 젊은이들이 가장 가치를 두고 있는 것은 행복한 가정생활과 만족스런 직장생활이었습니다. 하지만, 1970년대부터 변화가 생기기 시작했습니다. 그리고 오늘날, 미국의 젊은이들이 가장 가치를 두는 두 가지는 '부' 와 '명예' 라고 합니다.

《헝겊토끼》에 등장하는 빼빼마른 말은 놀이방에서 나이가 가장 많은 인형입니다. 그래서 '진짜가 되는 것' 의 가치를 알지 못한 화려한 겉모습의 인형들이 기계적으로 완벽해지기 위한 자신들의 노력에 희생되고 마는 것을 수도 없이 보아왔지요. 최고가 되어야만 한다는 중압감 속에서 그들은 결코 진짜가 되는 기쁨을 맛볼 수 없었습니다.

일반의 왕국에서 통용되는 가치를 받아들이느라 진정한 자신의 모습을 잃어버린 사람들에게도 이와 같은 운명이 기다리고 있습니다. 일단 물질문명 속에 스며들어 있는 메시지를 받아들이고 자신이 완벽해야 한다고 믿기 시작하면, 불완전한 자신 앞에서 심한 부끄러움을 느낍니다.

하지만 완벽한 인간이란 존재하지 않습니다. 그러니 결과적으로 우리는 끝도 없이 이어질 몸부림과 자책과 고통을 덜기 위한 시도 속으로 발을 들여놓은 셈입니다. 돈, 권력, 마약, 섹스, 음식, 그리고 물건과 같은 것에 탐닉하는 등 모든 방법을 동원해보지만, 부질없는 일입니다. 고통은 조금도 줄어들지 않습니다. 잡지나 텔레비전을 통해 부와 명예를 거머쥔 사람들의 삶을 들여다보면 물질적인 생활 방식의 어두운 이면을 접할 수 있을 겁니다. 또한 유명한 신문이나 잡지를 유심히 살펴보면 지극히 물질적인 사람들이 스스로 초래한 비극을 겪는 경우를 놀랄 만큼 많이 발견할 수 있습니다. 할리우드에서는 배신과 이혼이 흔한 일이라 결혼 일주년을 넘기는 것을 기적같은 일로 여깁니다. 그 사회에서는 술과 약물남용 또한 결코 드물지 않습니다.

하지만 물질적인 삶의 어두운 이면을 경험하기 위해 반드시 스타나 거물이 될 필요는 없습니다. 상담을 하기 위해 나를 찾는 이들의 삶 속에서 이와 너무나도 유사한 문제들을 발견할 수 있으니까요. 그래서 나는 믿게 되었답니다. 자신의 진정한 자아에 대해 공감하지 못하는 데서 중독과 우울, 불안, 심지어 강박관념과 억제할 수 없는 충동이 생겨난다는 것을요. 당신의 진정한 자아를 잃어가는 과정을 생각해봅시다. 당신은 여기서 꿈을, 그리고 저기서 감정을 잃어버렸습니다. 그렇게 소리 없이 당신의 일부가 사라져가지만 당신은 이를 미처 깨닫지도 못합니다. 당신 안에 자리한 무언가가 이러한 상실을 느낄 뿐입니다. 그리고 꼭 그만큼 어딘가 뻐근하게 아파옵니다. 나는 이러한 감정과 슬픔에서 우리 시대에 유행처럼 번지고 있는 일반화된 불행과 불안과 근심과 우울함이 생겨난다고 믿습니다.

물질적인 사고가 극에 달하면 단순한 슬픔에서 그치는 것이 아니라 학대, 방치, 심지어 폭력과 범죄까지 가능해집니다. 자녀를 학대하는 부모들을 보면 물질적인 가치와 파괴적인 행동의 관계가 분명해집니다. 자신의 인간적인 자아와 격리된 채 살아가는 부모들은 자녀들의 경험에 공감하지 못합니다. 그렇기에 고립된 상태의 부모들은 자녀들에게 부끄러움과 고통과 모욕감을 느끼게 할 수 있습니다. 진정한 어머니와 아버지라면 결코 할 수 없는 일들이지요.

감정적으로나 심리적으로 심각한 위기를 맞지 않았다 하더라도, 당신은 여전히 진정한 자아를 상실한 데서 오는 슬픔을 감추고 있을 것입니다. 진정으로 존재하지 못하는 데서 생겨나는 가장 일반적인 부작용 가운데 하나가 당신의 삶이 온통 일과 책임과 다양한 활동으로 가득 차는 겁니다. 운동을 하고 봉사활동을 하고 취미생활을 하느라 당신에게는 가슴으로 뭔가를 느낄만한 시간이 도무지 없습니다. 이렇게 바쁘게 지내는 것이 물질적인 사회에서는 아주 이상적인 모습으로 비춰집니다. 하지만 이 모든 활동 속에는 자신의 감정을 감추고 주의를 산만하게 해 완벽함을 추구하는 동안 무엇을 잃어버렸는지 미처 깨닫지 못하게 하려는 의도가 감춰져 있습니다.

숨돌릴 틈 없이 짜여진 시간표를 보고도 뭔가 잘못되었음을 깨닫지 못한다면, 조만간 당신의 몸이 이상 신호를 보내기 시작합니다. 자신의 삶 속에서 진정으로 존재하지 못하는 이들이라면 몸 어딘가가 아프거나 적어도 불편함을 느낄 것입니다. 물론 당신에게 그런 일이 일어난다면 담당 의사가 이를 정확히 진단해내겠지요. 하지만 어떤 문제들은 마음속에 고민거리가 있다는 신호입니다. 갑작스런 요통이 이런 경우에 해당합니다. 속이 거북한 것도 마찬가지입니다. 이 모두가 귀 기울여주기 바라는 진정한 자아의 소리 없는 외침이 아닐까요?

우리가 자신에게 주는 손상은 물질적인 삶이 주는 비극의 단면에 불과합니다. 완벽함을 추구하는 사람들은 일반적으로 다른 사람들에게도 완벽함을 요구합니다. 그러면, 가족이나 친구들, 심지어 만나는 사람들까지도, 우리의 사랑과 연민과 배려를 필요로 하는 한 인간으로 여기는 것이 아니라 인생을 살아가며 마주치는 사물처럼 대하기 쉽습니다. 《헝겊토끼》에 등장하는 많은 인물들처럼, 우리도 번쩍이는 외모의 현대적인 사람만이 가치 있는 사람이라고 믿고 있는지 모릅니다.

이러한 틀 아래서, 물질 사회의 조건을 완벽하게 만족시키기 위해 자신을 다그치는 남성들은 우아한 태도와 완벽한 몸매의 이상적인 여성을 찾아다닐 겁니다. 만일 그런 여성을 찾으면, 무슨 수를 써서라도 그녀가 지닌 물질적인 면을 유지시키려 애쓰겠지요. 그러니 만일 몸무게가 늘어나는 등의 어떤 변화가 생기기라도 하면, 이런 남성들은 비판을 서슴지 않고 변해버린 여성을 부끄럽게 여기며 심지어 학대를 일삼기도 하지요. 그들에게 여성은 자신이 획득한 하나의 대상이며 곁에서 자신을 빛나게 해주는 물질입니다. 그러니 이를 잃어버렸다는 생각이 들면, 자신의 모습이 초라해지지 않을까 하는 염려 때문에 견딜 수 없게 됩니다. 부와 명예를 얻은 뒤에, 비슷한 또래의 조강지처를 버리고 완벽한 몸매의 어린 여성과 재혼하는 남성들을 우리 주변에서도 어렵지 않게 찾아 볼 수 있습니다.

나를 찾은 한 여성은 얼마 전에 가슴 성형을 했다고 털어놓았습니다. 남편에게 좀 더 매력적으로 보이기 위해 처진 가슴을 위로 당기고 크기도 확대했다고 하더군요. 하지만 그녀의 노력은 아무런 소용이 없었습니다. 결국 남편의 외도로 이혼에 이르게 되었는데, 이혼 뒤 그녀의 남편이 이렇게 불평을 늘어놓더랍니다.

"당신은 더 이상 내가 결혼하던 그때 그 소녀가 아니야!"

그녀는 남편에게 당당하게 말했습니다.

"물론, 나는 그때 그 소녀가 아니야. 그 뒤로 20년의 세월이 흘렀고 나 역시 나이가 들었으니까. 그래서 이제는 더 이상 당신을 빛내는 장식품으로 살고 싶지 않아. 그보다는 훨씬 나은 사람이 되고 싶어졌거든."

물론 여성들의 경우도 예외는 아닙니다. 부와 성공을 거머쥐기 위해 남편을 다그치는 부인들 속에서도 이런 모습을 찾아볼 수 있습니다. 내 이웃에 사는 한 여성은 남편에게 직업을 바꾸라고 억지로 권했습니다. 현재 직업과는 관련이 전혀 없는 낯선 일인 데다 회사가 먼 곳에 있어 통근 시간도 무척이나 많이 걸렸는데 말입니다. 이유는 단 한 가지였습니다. 남편이 좀 더 많은 돈을 벌어오기를 원했던 것이죠. 남편이 자신의 뜻대로 따라주자, 다음에는 또 다른 압력을 가했습니다. 그녀는 좀 더 크고 비싼 새집으로 이사하고 싶어 했습니다. 새집의 융자금을 다 갚자면, 남편은 더 많은 돈을 벌어야 하기 때문에 일 속에 파묻혀 살아야 합니다. 정작 새집에서 제대로 쉬지도 못하고요.

세월이 가도 절대 늙지 않는 아내를 원했던 남자뿐만 아니라,

근사한 집을 갖기 위해 남편을 다그쳤던 여자도 결혼생활에 파경을 맞이했습니다. 혼자 남았다는 사실을 깨달을 뒤에, 이들은 다른 가족들이 모두 근심할 정도로 깊은 우울증에 빠졌습니다. 물질적인 삶에 길든 두 사람은 생전 처음 크나큰 위기를 맞이했습니다. 하지만 동시에 이 위기는 진정한 삶을 살아갈 수 있는 크나큰 기회이기도 했습니다. 물론 두 사람 다 처음에는 그런 사실을 전혀 깨닫지 못했지만요.

동화 속에서 헝겊토끼는 수많은 고난과 시련들을 겪습니다. 토끼의 주인인 소년이 아픈 것도 그중 한가지지요. 소년이 병들자 헝겊토끼는 두려움에 떱니다. 사람들이 자신을 보잘것없는 인형으로 보고 소년에게서 떼어내 버릴까 겁이 났습니다. 소년의 곁에 계속 머물기 위해, 그래서 소년에게 계속 힘이 되기 위해 헝겊토끼는 이불 속으로 작은 몸을 감춥니다. 겁에 질려 가슴 떨리는 시간들이었지만, 소년에 대한 헝겊토끼의 사랑이 두려움보다 훨씬 강했기에 이겨낼 수 있었습니다. 그럼에도 불구하고 정작 소년이 자리를 털고 일어났을 때, 헝겊토끼가 병균에 오염되었다는 이유로 버려집니다. 하지만 이것이 끝은 아니었습니다. 헝겊토끼가 보여준 소년에 대한 헌신과 사랑으로 그는 이미 진짜가 되는 길을 걷고 있었으니까요. 그리고 이제 그 어떤 것도 헝겊토끼를 막을 수 없었습니다.

진정한 존재가 되기 위해 기다리는 우리를 온통 뒤흔들어 놓을 만한 위기는 언제나 우리 안에서 생깁니다. 이 물질적인 세상 속에서 얼마간의 성공이라도 거두려는 우리의 고집스런 분투의 산물이 바로 그것입니다. 결국, 우리는 스스로 고통과 괴로움, 그리고 알력 속에 빠져들고 맙니다. 진정한 자아를 부정하고 얻은 것에 비하면 너무나도 큰 희생이지요.

고통스럽지만 이를 해결할 다른 방도를 찾을 수 없을 때면, 약물, 술, 그리고 섹스와 같은 것에 취해버리기 쉽습니다. 그러면 인생은 걷잡을 수 없이 흘러갑니다. 이쯤 되면, 진정함이란 너무나도 멀리 있어서 아무리 애써도 손에 닿지 않을 것만 같습니다.

이런 상황에 빠진 사람들은 자기 가슴 속의 허무감을 '감정의 공황상태'라 표현하더군요. 그들은 공포와 자기혐오에 시달리며, 몹시도 혼란스러워 합니다. 더 이상 어떠한 의미도 찾을 수 없는 인간관계와 직업은 그들을 더욱 공허하게 만들 뿐입니다. 그중에서 가장 끔직한 것은 자신이 더 이상 제구실을 다할 수 없게 되고, 다른 사람들에게 아무런 매력도 없고 아무런 가치도 없는 실패자로 비춰지면 어쩌나 하는 두려움이 사라지지 않는다는 겁니다.

이런 상태에서 상담을 받기 위해 나를 찾은 사람들 중 일부는 자신이 잃어버린 것들을 다시 찾는 일조차 몹시 두려워했습니다. 한 여성이 내게 이렇게 속삭였습니다.

"나는 아무것도 아니에요. 어머니도 아니고 아내도 아니고 그렇다고 직장인도 아닌걸요. 난 아무짝에도 쓸모없어요."

물질문명이 당신에게 끔직한 일을 저지른 그 절망의 순간에, '위기'라는 단어의 한자 뜻을 떠올려보십시오. 위기(危機)는 위험(危險)과 기회(機會)를 동시에 상징합니다. 물질문명이 이상적으로 여기는 삶을 살다가 위기를 맞으면, 당신은 아마도 모든 것을 잃어버릴 위험에 처했다고 느낄 겁니다. 인간관계, 당신의 사회적 지위, 심지어 정신에 이르기까지 모든 것을 말이죠.

하지만 마음을 가다듬고 상황을 조금만 달리 바라보면, 당신은 사실 엄청난 기회를 맞이한 것입니다. 마음을 열고 자신과 자신을 둘러싼 세상을 다른 시각으로 바라보기에 위기만큼 좋은 기회란 없습니다. 물질문명이 주는 보상이 더 이상 효과를 발휘하지 못할 때 비로소, 조금 다른 선택을 하고 진정한 가치를 추구하고 당신의 입장에서 성공을 정의내릴 수 있는 여지가 생기는 것이지요. 이 모든 것들은 자신과 자신을 둘러싼 진실되고 좋은 것들에 대한 우리의 믿음이 변화하는 데서 출발합니다.

결국 형겊토끼는 자신이 진짜라고 믿습니다. 그리고 이러한 믿음은 그의 변화에 박차를 가합니다. 그에게 믿음은 현실이 되었습니다. 우리에게도 같은 일이 일어날 수 있답니다. 정말로 우리가 믿는 것, 우리가 느끼는 것, 그리고 우리의 행동 방식 사이의 관계가 진정한 자아가 되는 과정의 근간을 이룹니다. 상담을 위해 나를 찾은 분들에게 나는 이 세 가지 개념의 연결 관계를 다음과 같이 설명합니다.

믿음 → 느낌 → 행동

당신의 행복, 본질, 그리고 자긍심은 모두 이 틀 안에서 설명될 수 있습니다. 믿음이 느낌을 만들고 이것이 다시 행동을 자극하는 사실을 이해하면, 자신의 행동이나 감정에 당황해 할 말을 잃는 일은 더 이상 없을 겁니다. 뿐만 아니라 이는 당신 삶에 등장하는 다른 사람들을 이해하는 데도 많은 도움을 줍니다.

한 가지 예를 들어볼까요. 자라는 동안 내내, 아름다움이나 똑똑함, 고귀함은 키나, 체형, 피부와는 상관없다고 온 세상이 내게 주입 시켰습니다. 다시 말해, 갈색 머리와 작은 가슴을 가진 여자도 역시 아름답다고 말이죠. 이런 학습을 받으며 성장했다면, 나는 똑똑하고 아름다우며 고귀한 여성이라고 생각하겠지요. 이런 내가 어느 날 장애물을 만나 화가나고 짜증이 나는 일이 있었습니다. 그랬더라도, 이러한 감정은 금방 사라질 겁니다. 내 안에는 자신이 가치 있는 존재라는 기본적인 믿음이 자리하니까요. 이런 사람들은 대체로 쾌활하고, 안정적이며, 온화한 성격을 보이기 마련이지요.

이와는 반대로, 내가 멍청하고 심술궂은 아이라는 말을 귀가 따갑게 들으며 자랐다면, 인생의 어느 순간 장애물을 만났을 때 내 감정이나 행동은 전자와는 아주 많이 달라질 겁니다. 나는 심한 불안감을 느끼겠지요. 마치 남들과 다른 점들로 때문에 불완전한 인간이 되었다는 듯이요. 나는 아마도 자기 회의에 빠지겠지요. 사람들이 내 결점을 알아챌까 두려운 나머지, 학교나 다른 여러 사회적인 상황에서 나서서 얘기하기를 꺼리게 될지도 모릅니다. 사회적인 성공을 거두었다 할지라도, 언제든 내 결점이 알려질까 두려워하겠지요. 그러면 다른 사람들을 속였다는 오명을 얻게 될지도 모르니까요.

믿음, 느낌, 그리고 행동의 연결 고리는 영원히 계속되며 점차 확대됩니다. 부정적인 믿음은 불쾌한 느낌을 낳고 부정적인 믿음이 부축인 행동들을 하게 만듭니다. 고리는 계속 돌고 돌아, 어느새 당신은 의기소침한 사람이 됩니다. 그러면 당신이 가지고 있던 잠재력과 지성, 힘과 재능이 점점 작아지다 어느새 사라지고 맙니다. 더욱 끔직한 것은, 부와 아름다움, 권력과 명예를 통해 당신의 진가를 확인하려는 물질 사회의 가치관에 부응하기 위해 계속 노력해야만 한다는 것입니다. 이 게임에서 승리할 수 있는 사람은 아무도 없습니다. 때문에 아무리 노력을 해도 기분은 좀처럼 나아지지 않습니다.

하지만 학습할 수 있는 믿음이라면, 컴퓨터에서 프로그램을 삭제하듯이 다시 학습해 다른 것으로 바꾸는 일도 가능할 것입니다. 물질적인 믿음은 아주 어릴 적에 획득할 수 있습니다. 그것이 무언지 전혀 알지 못할 뿐만 아니라, 혹여 안다고 하더라도 이에 대해 도전할 엄두도 내지 못할 시기에 말입니다. 하지만 시간이 흐른 뒤에도 절대로 바뀔 수 없을 만큼 확고한 믿음이란 그리 흔하지 않답니다. 우리는 언제든 자신에게 훨씬 더 이로운 것으로 그 자리를 다시 채울 수 있습니다.

이제는 물질적인 생각이 우리 자신과, 우리 곁에 있는 사람들과, 우리 아이들과, 그리고 가정이라는 공동체에 얼마나 나쁜 영향을 끼칠 수 있는지 당신도 깨달을 수 있었으면 합니다. 물질적인 생각은 자신뿐만 아니라 다른 사람의 진정한 자아마저도 공감할 수 없게 만들 뿐이니까요. 이런 상태로는 다른 사람의 결점과 차이를 있는 그대로 받아들일 수 없고, 사람들의 마음을 다치게 할 수 있습니다.

당신이 믿는 것, 그리고 이러한 믿음이 어디에서 기인한 것인지를 이해하는 것이 바로 진짜가 되는 열쇠입니다. 예전의 믿음을 버리지 않고서는 절대 진정한 존재가 될 수 없습니다. 당신도 진정한 존재가 되어 인생을 살아갈 수 있습니다. 당신의 가슴 속에, 당신이 진정한 존재라는 믿음을 심어 주세요. 그것이 시작입니다. 헝겊토끼가 그러했듯이요.

내 사무실을 찾은 이들에게 《헝겊토끼》가 많은 도움이 되는 것은 사실이지만, 나는 이 책을 직접 가리키며, "당신이 고민하는 문제의 답이 바로 이 책 안에 있습니다."라고 말하지는 않습니다. 나는 다만 여러 가지 무거운 개념들을 소개하는 방법으로 이 책을 사용합니다. 근본적인 믿음, 자아의 가치, 사회가 한 개인을 억누를 수 있는 방법, 진정으로 존재하지 못하는 데서 오는 고통과 같은 것들이 통해 쉽게 이해되는 모습을 많이 봐왔습니다.

마저리 윌리엄스의 이야기에 마음을 열 수 있다면 누구든, 이 동화가 비단 어린이들뿐만 아니라 어른인 자신에게 들려주는 것이기도 함을 깨닫습니다. 어떻게 잃어버리게 되었는지, 그리고 어떤 과정을 통해 다시 찾을 수 있을지 자신의 진정한 자아에 대해 많은 관심을 가지게 될 겁니다.

차분하게 마음을 가라앉히고 자신에 대해 믿고 있는 것들과 한 인간으로서 당신의 가치에 대해 곰곰이 생각해보세요. 그러면 당신의 마음속을 흩어놓는 몇 가지 부정적인 생각들과 만나게 됩니다. 그중에는 당신의 외모와 관련된 것도 있고, 당신의 사회적 지위나 심지어 당신이 타고 다니는 차에 대한 비평도 있습니다. 지금쯤은 당신도 이러한 판단들이 일반의 왕국에서 단순하게 살아가느라 익숙해질 수밖에 없었던 기준에 근거한 것임을 깨달을 수 있을 것입니다.

이러한 판단들이 지극히 파괴적임을 이해한 것만으로도 벌써 먼 길을 반이나 온 셈입니다. 이제 나머지 반만 더 가면, 우리는 진정한 자아에 근거한 새로운 믿음과 가치들을 만날 수 있습니다. 하지만 그 전에 자신에 대해 충분히 돌아보아야만 합니다. 이 과정을 나는 '자기 공감'이라고 부릅니다.

자신에게 공감할 때, 우리는 자신의 고유한 가치와 특성과 소망과 감정들을 깨달을 수 있습니다. 이기주의나 자아도취에 대한 얘기를 하는 것이 아닙니다. 그리고 당신을 다른 무엇보다 먼저 생각하라는 뜻도 아닙니다. 자기 공감이란 일상생활 속에서 늘 당신의 마음과 정신에 귀 기울이는 겁니다. 자기 공감을 할 수 있는 사람은 결코 다른 사람이 생각하는 대로 생각하고 다른 사람들이 느끼는 대로 느끼려 애쓰지 않습니다. 어떤 선택이나 결정을 내려야 할 때, 그들은 자신의 생각과 자기 안에서 들려오는 대답에 큰 가치를 둡니다.

우리는 이러한 능력을 가지고 이 세상에 태어났습니다. 그래서 아기들은 불편하거나 두렵거나 배가 고플 때 울음을 터뜨립니다. 그리고 만족스러울 때는 기분 좋은 소리를 냅니다. 아기들은 어른들처럼 자신들이 느끼는 감정이 상황에 잘 맞는 것인지 다시 한번 생각하는 과정을 거치는 법 없이, 자신들의 마음이 움직이는 대로 표현 합니다. 하지만, 부끄러움의 고통을 피하기 위해 자신의 개성을 부인하고 사회의 규칙을 따르도록 학습하는 과정에서 이러한 자기 공감 능력은 상실됩니다..

자신을 사랑스러운 마음으로 바라보기 시작할 때, 바로 이러한 자기 공감 능력이 되살아납니다. 특히나 자신의 어린 시절을 돌아보는 것이 많은 도움이 됩니다. 내게 상담을 청한 코니의 경우를 보면, 이것이 얼마나 큰 효과를 발휘하는지 알 수 있답니다.

코니는 삼 남매 중 외동딸이었습니다. 세상의 많은 부모들이 그러하듯이 그녀의 부모님도 무의식중에 자녀들에게 각각의 역할과 개성을 부여했습니다. 예를 들어, 그녀의 오빠는 가족의 기대를 한 몸에 받으며 성장했습니다. 가족에게 그는 한마디로 우상이었지요. 그는 이를 당연하게 믿었고, 정말로 자라서 부와 명예를 거머쥐었습니다. 이름을 대면 누구나 알 만한 그런 사람으로 자랐습니다. 코니는 누구든지 의지할 수 있고, 언제나 성실히 일하며, 자기 희생적인 딸이 되도록 훈련받았습니다. 훗날 그녀는 과묵하고 헌신적인 간호사가 되었습니다.

우리가 처음 만났을 때, 코니는 40대 중반이었는데, 얼굴에는 이미 주름이 깊게 패여 있었습니다. 그녀는 다른 사람의 눈에 띄지 않는 방식으로 옷을 입고 말을 하고 행동했습니다. 하지만 마음속 깊은 곳에서는 지금보다 훨씬 더 대담하고 화려한 생활을 꿈꾸고 있었습니다. 무엇보다도 여행을 하면서 더 넓은 세상을 보고 싶어 했습니다. 하지만 이런 모든 생각들을 너무 이기적이라고 여긴 나머지, 자신에게 이를 실행에 옮길 수 있는 기회조차 주지 않았습니다.

나는 코니가 이런 상황을 너무 심각하게 받아들이지 않기를 바랐습니다. 그래서 한쪽 어깨에는 악마가 있고 다른 한쪽에는 천사가 있다는 등의 심각한 얘기 대신, 한쪽 어깨에는 집시가 있고 다른 한쪽에는 곰돌이 푸우 이야기 속에 등장하는 자기 비하적인 당나귀 이요르가 있다며 장난치듯 가볍게 얘기를 했습니다. 그래서 한쪽 어깨에 있는 집시는 세상을 돌며 자유롭게 춤을 추고 싶어 하지만, 그럴 때마다 반대쪽 어깨에 있는 당나귀 이요르가 이렇게 속삭였습니다.

"꿈 깨! 그런 건 나 같은 사람한테는 전혀 필요 없는걸 뭐."

자신에 대한 코니의 믿음이 어디에 근거한 것인지를 조사해나갈수록, 그녀는 어릴 적 자신의 모습에 깊은 공감을 가졌습니다.

그녀는 자신이 문화와 가정에 의해 어떻게 특정 역할에 알맞게 길들여졌으며, 피할 길 없이 숨죽인 채 살아가게 되었는지 깨달았습니다. 그녀는 기회를 놓치지 않고 자신을 표현했습니다. 그녀는 점점 열정적인 여행가가 되었고, 해외로 여행을 떠났습니다. 이 모든 일들이 그녀 자신은 물론 삶에 대한 시각까지 완전히 변화시켰습니다. 그녀는 지금 또 다른 해외여행을 준비하고 있습니다. 이제는 자신의 가치를 완전하게 믿고 있기에, 이 여행도 틀림없이 실행에 옮길 수 있을 겁니다. 그리고 여담입니다만, 그녀의 얼굴에 깊게 패였던 주름은 어느새 모두 사라졌습니다.

공감이 지닌 마술 같은 힘은 이것이 전부가 아니랍니다. 우리가 자신에게 공감할 수 있으면, 너무나 자연스럽게 다른 사람도 공감할 수 있습니다. 이러한 기술은 우리의 인간관계를 보다 끈끈하고, 보다 만족스러우며, 보다 진정한 것으로 만들어줍니다. 다른 사람들의 감정과 경험을 이해하고 존중할 수 있는 능력이 이를 가능하게 합니다.

진정한 관계와 피상적인 관계의 차이는 부부 사이에서 가장 확실하게 드러납니다. 서로를 진정한 반쪽으로 여기는 남자와 여자는 이제 더 젊고 더 단단한 육체나 사회적 지위가 더 높은 사람에게 마음이 흔들리지 않습니다. 사랑하는 사람의 본질을 아끼고 너무나도 소중하게 생각해, 이들은 그 어떤 것에도 결코 흔들리지 않습니다.

공감은 때로 또 다른 인간관계에 극적인 변화를 가져옵니다. 자녀들에게 깊이 공감하는 부모들은 인내심과 이해심이 크기 마련입니다. 그리고 다른 사람들에게 진정으로 공감하는 어른들은 연로하신 부모님과의 관계를 돈독히 하는 데 이를 활용할 수도 있습니다. 과거에 가족 간에 아픈 기억이 있었다 하더라도요.

공감의 가치는 아무리 강조해도 지나치지 않습니다. 공감은 사랑과 자비와 친절과 배려의 모든 행동 속에 깃들어 있습니다. 공감은 개인과 단체와 심지어 나라간의 평화적인 공존을 가능하게 합니다.

개인에게 있어서, 공감은 인생에서 마주치는 도전과 경험에 깊이 감사할 수 있게 합니다. 또한 모든 사람들이 성장하고 환경에 적응하고 험한 세상 속에서 꿋꿋이 살아남은 것을 인정하고 존경할 수 있게 합니다. 흉터, 주름살, 축 늘어진 살, 그리고 다른 모든 신체적인 결점들은 헝겊토끼가 그랬듯이 단지 우리가 열심히 살고 사랑한 흔적일 뿐입니다. 병원 대기실에서 남편의 사랑스런 눈빛을 한 몸에 받던 그 노부인처럼, 우리는 결점을 가지고 있음에도 불구하고 사랑받는 것이 아닙니다. 우리는 그 결점들로 더욱 사랑받습니다. 사실, 그것들은 전혀 결점이 아닙니다. 그것들은, 일생 동안 수많은 경험을 했다는 증거일 뿐입니다.

공감은 인격을 발달시키는 데 크게 공헌합니다. 이것이 바로 공감이 가진 또 하나의 커다란 장점입니다. 인격은 때로 개성과 혼돈되기도 하지요. 일반의 왕국에서, 우리는 유쾌한 개성을 가지고 살아가도록 장려합니다. 이는 사회적인 수완이 있어 뭔가를 성취할 수 있다는 징표가 되기 때문입니다. 코미디언은 아주 유쾌한 개성을 가졌습니다. 많은 정치가들도 그러합니다.

하지만 개성은 종종 이 험한 세상에서 성공하기 위한 일종의 수단으로 사용되는 피상적인 이미지에 지나지 않을 때가 있습니다. 이러한 개성과는 달리 인격은 우리의 도덕 원리와 가치관에 따라 좌우됩니다. 우리를 정직하고 친절하며 욕심 없고 용감하게 만드는 훌륭한 인격은 공감할 수 있을 때만이 가능합니다. 인격은 자신을 창조적인 방법으로 표현할 수 있도록 북돋우며, 사회적 지위나 부, 그리고 명예와 같은 외부적인 조건이 아니라 우리 안에 간직한 소중한 것들에 기초를 둔 인간관계를 만들어나갈 수 있도록 도와줍니다. 진정한 인격은 우리에게 든든한 우정과 결혼 생활과 직장 생활을 안겨줍니다. 결국, 인생에 있어서 가장 소중한 것들을 말입니다.

훌륭한 인격의 어마어마한 가치를 직접 눈으로 확인하고 싶다면, 인생의 황혼기에 접어든 분들의 모습을 꼼꼼히 살펴보세요. 그러면, 자신의 재산이나 사회적 지위에 집착해 대부분의 시간을 보내는 분은 거의 없다는 사실을 발견할 수 있습니다. 그분들은 자신이 사랑하는 사람과 진정한 자신의 모습을 사랑하는 사람들을 생각하는 데 많은 시간을 보냅니다. 정직하고 성실하며 공감하는 등의 훌륭한 인격적 특성을 가진 분들은 필연적으로 깊고 풍요로우며 다양한 인간관계를 맺습니다.

앞으로 어떠한 도전이 우리를 기다리며, 우리를 둘러싼 환경은 또 어떻게 변할지 아무도 알 수 없습니다. 인생이란 언제나 너무나 복잡하고 다양하니까요. 하지만 우리가 진정한 존재가 되어 살아가기로 마음먹는다면, 우리를 이끌어줄 기본적인 지침과 결정의 순간에 도움을 줄 원칙들을 세워둘 수 있습니다.

당연히, 원칙은 아주 기초적이며 본질적인 안내자 역할을 합니다. 언뜻 보기에 이들은 아주 일반적이며 보편적이지만 이들이 우리가 접하게 될 아주 특별하며 어려운 상황들에 적용될 수 있는 것입니다.

이제 소개하는 '진짜가 되는 12가지 이야기' 는 마저리 윌리엄스의 《헝겊토끼》에서 받은 영감에서 시작되었으며, 그 안에 내 경험과 주변의 많은 분들의 이야기가 녹아들어 완성되었습니다. 이 원칙들이 물질문명 속에서 자신의 길을 찾고, 자신과 다른 이들의 삶 속에서 진짜가 무엇인지 깨달으며, 자신의 고유한 가치와 재능과 개성에 바탕을 둔 삶의 설계를 도울 수 있기를 기원합니다.

나는 지난 몇 년 동안, 진정으로 존재하는 방법을 배운 이들이 보다 행복을 느끼고 그들의 인간관계 또한 보다 충만해지는 것을 보아왔습니다. 물론 이것만이 사랑과 행복으로 가는 유일한 길은 아닙니다. 하지만 나는 진짜가 되어 인생을 살아가려는 사람들에게 사랑과 행복이 활짝 피어난다는 사실 또한 잘 알고 있습니다. 그 힘을 무시하기에는, 나는 이미 너무나도 많은 즐거운 변화들을 목격하고 말았답니다.

진짜는 당신의
가능성에서 시작됩니다

참으로 오랫동안 그는 장난감을 넣어두는 벽장이나 놀이방 바닥에서 지냈습니다. 부끄럼이 많은데다 값싼 벨벳으로 만들어진 까닭에 비싼 장난감들의 놀림감이 되기 일쑤였지요. 기계로 작동하는 장난감들은 거만하기 이를 데 없어서 다른 모든 장난감들을 깔보았거든요. 번뜩이는 아이디어로 만들어진 녀석들은 마치 자신이 진짜라도 되는 듯이 굴었답니다.

마저리 윌리엄스의 동화는 진짜가 되어 자신의 정체성과 가치를 발견하고자 하는 헝겊토끼의 여정이 담겨 있습니다. 헝겊토끼가 자신의 오랜 소망이었던 뜨거운 피가 흐르는 진짜 토끼가 되면서 이 기분 좋은 이야기의 약속이 실현되지요. 그동안의 좌절감과 무기력감에서 자유로워진 토끼는 깡충깡충 뛰어보기도 하고 제자리에서 뱅글뱅글 돌아보기도 하며 그 기분을 만끽합니다.

하지만 민감한 독자들이라면 벌써 눈치 챘을 겁니다. 진짜가 되는 것이 가능하다는 것을 알게 된 그 순간부터, 그 작은 헝겊토끼에게서 진정한 존재로서의 징표가 나타나기 시작했다는 것을요. 헝겊토끼 안에는 벌써 친절과 공감, 그리고 개성과 같은 진정함의 본질이 자리하고 있었습니다. 이는 헝겊토끼의 내면에서 생겨난 것이었지요. 그럼에도 불구하고 오직 기계적 완벽함과 최신 아이디어의 여부만을 최고의 가치로 여기는 장난감들 사이에서 살면서 받은 압박감 때문에 자신이 불완전한 존재라 여기게 된 것입니다. 자신의 모습 그대로 존재하면서도 완전한 편안함을 느끼기까지는 많은 시간이 필요했습니다. 하지만 사랑이 있어 이 모든 것은 가능했습니다. 자신 안에 이미 진정한 자아가 존재한다는 사실을 있는 그대로 받아들인 것도 큰 도움이 되었습니다.

자기 안에 진정함이 깃들어 있다는 이러한 사실이 우리 모두에게도 적용될 수 있답니다. 아주 어린아이들에게서 이를 엿볼 수 있습니다. 그들의 예술 작품들을 한번 주의 깊게 살펴보세요. 이들이 하는 이야기들에 귀 기울여 보세요. 그리고 다른 사람과 어떻게 관계를 맺어 가는지 지켜보세요. 누군가 일부러 방해하지 않는 한, 어린아이들은 아주 개성적인 정신을 가지고 있기 마련입니다. 그들은 진짜입니다.

슬프게도, 살아가는 동안에 물질문명의 영향을 받게 되면서 우리 대부분은 이 정신을 잃어갑니다. 성공을 위해 모든 것을 단 하나의 틀에 끼워 맞추려는 사회 분위기는 우리를 진정함으로부터 멀어지게 합니다. 자신의 개성을 무시하도록 강요하고, 다른 사람들 안에 깃들어 있는 진정함마저 거부할 것을 요구합니다. 우리들 대부분은 그렇게 적당한 가면을 하나 골라 쓰고는, 모두가 가면을 덮어 쓴 세상을 향해 걸음을 내딛습니다.

자신의 진정한 가치와 재능을 표현할 수 있는 직업을 찾기란 정말 쉽지 않습니다. 예를 들어, 이 책의 앞부분에서 헝겊토끼의 가장 근사한 자질은 간과되고 맙니다. 내 딸아이들이 말했던 것처럼 꼭 끌어안고 잠들기에 정말 안성맞춤인데도요.

상담을 청하는 사람들은 직장 얘기를 하는 데 많은 시간을 보냅니다. 이 또한 우리들 대부분이 직장에서 진정한 모습으로 존재할 수 없기 때문이 아닐까요? 직장에서 많은 사람들은 실망을 하고 공허감을 느끼며 재능을 발휘하지 못합니다. 심지어 일에서 큰 성공을 거둔 경우에도 그러합니다. 나 또한 예외는 아닙니다. 많은 사람들이 근사하다고 생각하는 직업을 가졌으면서도 진정한 내 모습을 잃어버린 적이 있었으니까요.

나는 대학에서 희곡을 전공하고 졸업 후에 이를 바탕으로 작은 방송국에 입사했습니다. 처음에 나는 어린이들을 위한 양질의 프로그램을 만드는 것에 관심이 있었습니다. 하지만 이런 저런 다른 일들을 해나가면서 빠른 속도로 이런 것을 배워나갔습니다. 방송국에서 살아남기 위해서는 승진과 봉급 인상, 그리고 인정받기 위한 치열한 경쟁에서 이겨야 한다, 그래야만이 좋은 프로그램을 만들 수 있는 기회를 잡는다…….

오직 성공을 쟁취하기 위해 6개월 동안이나 불편하지만 섹시한 옷을 차려입고 출근해서는 누구보다 치열하게 일하자, 나는 몹시 지쳐버렸고 의욕을 상실했으며 우울증에 사로잡혔습니다. 어느 날 내가 하루 종일 하는 일들을 돌아보니 독창적인 기술을 요하는 것이라고는 하나도 없더군요. 나는 오직 나만이 지니고 있는 힘과 노력의 가치를 철저히 무시하고 있었습니다. 당장에 어느 누구라도 내 자리를 대신할 수 있을 정도로 큰 조직 속에서 나는 지극히 미미한 존재에 불과했습니다.

인생에 진실하게 다가갈 수 있는 맑은 마음을 가진 사람이라면 누구든지, 그 무렵 내가 느꼈던 고통이 어디에서 온 것인지 알 수 있을 겁니다. 내 진실한 바람, 소망, 그리고 꿈이 직장에서 마주하는 상황들과 정면으로 충돌하고 있었습니다. 나는 그렇게 내 진정함과 점점 거리가 멀어지고 있었습니다.

하지만 '텔레비전이라는 화려한 세상에서 일하게 된다면 정말 근사할 것이다' 라는 기대를 오랫동안 해온 터라 이러한 생각을 바꾸는 것은 좀처럼 쉽지 않았습니다. 사실, 나는 얼마간의 죄의식과 함께 인생의 한 부분에서 실패하고 만 것 같은 기분에 사로잡혔습니다. 내가 하고 있는 일을 진정으로 즐길 수 없었으니까요. 내가 그 일에 적합한 사람이 아니라는 사실을 깨닫기까지 일 년의 시간이 더 필요했습니다. 좀 더 현실적으로 얘기하자면, 그 일은 나와 맞지 않았던 것이지요.

진정한 모습으로 존재할 수 없었던 고통은 결국 사직으로 이어졌습니다. 회사를 그만둔 뒤에, 나는 내 마음을 돌아보고 지난 일들을 다시 곱씹어봤습니다. 그러자 곧 깨달을 수 있었습니다. 나는 내 자신이 정말로 원하는 일을 선택하지 않았던 겁니다. 나는 사람들의 성장과 발전, 그리고 정신적인 충격과 아픔을 이겨내는 방법에 대해 많은 관심을 가지고 있었습니다. 친구들과 친척들의 걱정을 뒤로하고 나는 다시 학교로 돌아가 공부하기 시작했고, 결국 심리학자가 되었습니다.

이제 나는 자신의 진정한 재능과 바람과 열정을 잃어버린 수많은 사람들을 만나고 있습니다. 이들은 자신이 겪는 우울과 불안, 약물 등 여러 가지 물질의 남용, 그밖에 많은 증상들을 모두 회사 탓으로 돌립니다. 그들에게는 고약한 상사와 맘에 들지 않는 동료가 있는 데다, 봉급도 턱없이 적습니다.

이렇듯 사람들은 자신이 느끼는 것들을 모두 회사 탓으로 돌리곤 합니다. 하지만 중요한 건 그 원인이 그들의 상사도 동료도 봉급도 아니라는 것입니다. 이들을 고통스럽게 하는 가장 큰 원인은 내가 방송국에서 일하면서 겪었던 그 문제들과 다르지 않습니다. 나는 사회가 정의한 성공을 거두려 몸부림쳤고, 내 진정한 자아와 서먹해지고 말았습니다. 때문에 나의 재능과 흥미가 일과 충돌을 일으킨 겁니다. 이것이 바로 내가 당시에 느낀 혼란의 정체였습니다.

자신의 좌절이 오롯이 일에서 비롯된 것이라고 말하면 당장은 안심이 될는지도 모릅니다. 하지만 일을 제외한 인생의 나머지 반쪽에서도 내적 갈등의 강력한 원인을 찾을 수 있지요. 그중 하나가 바로 양육의 문제입니다.

좀 더 구체적인 예를 들어볼까요. 내 사무실을 찾아와 그동안 좀처럼 입 밖으로 낸 적이 없는 두려움을 털어놓는 엄마들에게는, 내 작은 도움의 손길이 때론 큰 힘이 되더군요. 그들은 대부분 아이들을 키우느라 문화 생활에서 멀어지는 것에 대한 심한 두려움이 있었습니다.

세상에 어머니처럼 어려운 역할이 또 있을까요. 아이를 키우는 여성들은 건강과 아이들의 성장과 가사와 교육에 대한 모든 것을 알아야만 합니다. 또한 자신의 아이들을 한 점 실수 없이 완벽하게 이끌어서, 세상에서 가장 똑똑하고 가장 건강하며 가장 훌륭한 아이로 키워야 합니다.

이게 전부가 아닙니다. 완벽한 선생님, 그리고 완벽한 양육자가 되는 것 외에도 오늘날의 어머니들은 가장 능력 있는 금전 관리자가 되어야 합니다. 그래서 가족의 생활비를 축내지 않으면서도 자녀에게 가장 좋고 가장 새로운 것을 사줄 수 있어야 합니다.

남편에게는 정력이 넘치는 섹시한 여성이 된다면 금상첨화겠지요.

모든 텔레비전 프로그램들과 잡지의 기사들과 친구들과 이웃들과 친척들이 쉴 새 없이 어머니상을 주입하기 때문에 너무나도 많은 어머니들이 자신의 개성을 잃어갑니다. 물론, 모든 아이들은 어머니은 마음에서 우러난 진정한 사랑과 인도와 관심을 필요로 합니다. 문제는 어머니들에게 남들과는 다른 길을 가도록 격려하는 이가 하나도 없다는 사실입니다.

당신의 재능과 관심과 개성을 살려 진정한 자아가 될 수 있도록 돕는 것이 책의 주제라면 시작부터 양육과 일에 초점을 맞춘 것이 좀 이상하게 보일지도 모르겠습니다. 어쩌면 좀 더 비밀스런 뭔가가 있겠지 하고 기대하고 계실지도 모르겠네요.

그동안 '진정한 존재' 라는 주제를 처음 소개할 때, 참으로 다양한 방법을 써본 것이 사실입니다. 하지만 직장과 가정에서의 삶을 예로 들 때, 가장 많은 분들이 내 뜻을 쉽게 이해하고 자신이 어떻게 진정한 자아와 멀어지게 되었는지를 분명하게 깨닫더군요. 이 두 가지가 더할 나위 없이 실제적인 일들인 까닭이었습니다.

처음으로 직장과 가정에서의 자신들의 문제를 털어놓기 시작할 때, 사람들은 보통 피상적인 것들에 대해 불평을 합니다. 하지만 얘기가 깊어질수록 자신의 개성과 성격, 감정에 대한 것들로 소재가 옮아갑니다. 그들은 자신이 하찮고 무력하고 지루하며 그저 시간낭비만 하고 있는 사람처럼 느껴진다고 말합니다.

한 남자가 내게 이런 말을 한 적이 있습니다. 자신은 다람쥐 쳇바퀴 돌듯이 회사와 집을 오갈 뿐이라고요. 사회의 기대에 부흥하기 위해 몸부림치는 자신의 모습을 얘기하는 어머니들의 목소리도 이와 다르지 않습니다. 그들은 '엄마 기계'가 되어 이리저리 숨 가쁘게 뛰어다니며 이러저런 일들을 처리합니다. 그들이 어떤 기분인지 이해합니다. 우리는 자신의 재능과 시간을 보람 있게 사용하고 싶어 합니다. 도전적이고 생산적이며 다른 누군가에게도 도움이 되는 가치 있는 일을 하고 싶어 합니다. 간단히 말해서, 우리가 바라는 꿈과 우리가 하는 일이 같은 모습이기를 원하는 겁니다.

직장인이나 부모의 역할에서 행복을 찾지 못하는 사람들과 함께 진행하는 수업에서 나는 아주 흥미진진한 사실을 발견할 수 있었습니다. 그들에게 돈과 명예는 예전처럼 더 이상 중요하지 않았습니다. 일단 자신의 선택을 돌아보고 진정한 관심을 잃어버린 과정을 알기 위해 애쓰면, 그동안 자신이 사회의 기대에 의해 몰아세워졌다는 사실을 깨달을 수 있답니다.

내가 아는 한 어머니는 아이들을 방과 후 다양한 활동에 참여시키기 위해 운전수 노릇을 하느라 죽을 지경이었습니다. 하지만 다른 엄마들도 모두 그렇게 한다는 이유 하나 때문에, 그녀는 정말 열심히 아이들을 이곳에서 저곳으로 그리고 또 다음 장소로 실어 날랐습니다. 내 친구 하나는 음악 선생님이 되고 싶었던 꿈을 접었습니다. 여름에 잠시 임시직으로 일했던 식료품 체인점에서 승진 제의를 해왔고, 이를 받아들였기 때문이었습니다.

진정한 자기 자리라고 느껴지지 않는 곳에 뿌리를 내렸다고 해서 자신을 탓하는 사람은 아무도 없습니다. 완벽한 수입은 사람들을 유순하게 만듭니다. 교사들, 부모들, 친구들, 그리고 이웃들은 하나같이 우리가 그들과 같은 행동을 해주길 기대하며 보상을 약속합니다. 절대 이행되지 않을 약속을요. 방송국에서 일하는 동안 나는 시청자들에게 교훈을 줄 수 있는 좋은 프로그램을 만들 수 있으리라 생각했습니다. 하지만 그런 일은 결코 일어나지 않았습니다. 그것을 깨닫기까지 일 년이라는 긴 시간이 필요했습니다.

잘못된 이상을 위해 오랫동안 헌신해왔음을 깨닫기 시작하면, 많은 이들이 자신을 원망할 겁니다. 이는 시간낭비였을 뿐만 아니라 잘못된 생각이었으니까요. 수없이 많은 문화적인 힘이 당신에게 순응할 것을 강요했는데, 당신이 무얼 어찌할 수 있었겠습니까? 이 모든 압력을 무시하고 오직 자신의 진정한 관심을 좇을 수 있는 이는 극소수에 지나지 않습니다. 뭔가 잘못되었다는 것을 깨달은 뒤에도 우리 대부분은 사회가 정한 틀에서 벗어나는 자신의 모습을 보며 고통을 느낍니다.

보다 만족스럽고 진정한 삶의 열쇠가 자기 안에 있다는 사실을 이해했다면, 당신의 변화는 이미 시작된 겁니다. 자기 안의 가치와 열정과 희망을 재발견하고 싶어 함을 깨닫는 순간 우리는 진정함을 향한 위대한 걸음을 내딛을 수 있습니다. 진짜가 되는 것이 가능하다는 사실을 깨달은 순간, 진짜가 되기 시작한 헝겊토끼처럼 말입니다. 돌아보기로 결심한 삶이 직장과 관련된 것이라 해도 아무 상관없습니다. 중요한 것은 당신이 시작했다는 사실이니까요.

누구나 진정한 삶을 살아갈 수 있습니다. 작은 헝겊토끼는 우리가 진정한 자아가 되기 위해 반드시 걸어야 하는 바로 그 길을 걷습니다. 헝겊토끼는 자신이 설계한 삶을 살아가기 위해 진정한 존재의 가치를 발견하고, 자신의 마음속에 자리한 것을 찾아내고, 용기에서부터 관용에 이르기까지 앞으로 필요할 모든 자질을 갖추기 위해 시간을 투자했습니다.

이 모든 과정에서 신념을 잃거나, 진정한 존재로 거듭나게 할 당신의 능력이 의심스러워질 때면, 《헝겊토끼》 이야기를 기억하세요. 당신이 진정한 존재가 되기를 원한다는 사실을 깨달은 바로 그 순간부터 이미 진정한 존재가 되기 시작했습니다. 그리고 모든 노력을 충분히 가치 있게 만들어줄 만한 보상도 뒤따랐다는 사실입니다.

진짜가 되었음을 깨달은 순간, 헝겊토끼의 기분이 어떠했는지 곰곰이 생각해보세요.

그는 크게 한 번 껑충 뛰어오르며 기쁨을 만끽했습니다. 뒷다리를 사용할 수 있다는 것은 정말이지 굉장한 일이었습니다. 잔디 위로 스프링처럼 튀어 오르고, 길가를 펄쩍 펄쩍 뛰어다니고, 제자리에서 뱅글뱅글 맴돌 수도 있었으니까요. 이제 그는 진짜 토끼였습니다.

진짜는 오랜 과정 속에
이루어집니다

오기심 많은 헝겊토끼가 물었습니다.

"진짜가 되는 것 말이에요, 태엽이 풀리듯이 순식간에 그렇게 되는 건가요, 아니면 조금씩 그렇게 되는 건가요?"

빼빼마른 말이 웃으며 대답했습니다.

"순식간에 진짜가 되는 일은 없단다. 진짜가 되려면, 아주 오랜 시간이 필요해. 그래서 쉽게 헤어지거나 모질거나 참을성이 없는 사람들에게는 일어날 수 없는 거야."

《헝겊토끼》에 나오는 놀이방 장난감들 중에서 가장 나이가 많고 가장 현명한 빼빼마른 말은 오랫동안 변함없이 받은 사랑으로 머리털이 희끗희끗하게 세었습니다. 이제 막 도착한 헝겊토끼는 볼품없는 모습을 한 빼빼마른 말이 다른 장난감들과는 달리 행복해하고 만족스러워하며, 확고한 신념을 가지고 있다는 사실을 깨닫습니다. 어떻게 이런 일이 가능한 것인지 궁금했습니다. 그리고 자신도 그러한 만족감을 느껴보고 싶었습니다.

놀이방에 존재하는 작은 사회 속에서, 태엽으로 움직이는 장난감은 톱니가 움직이는 순간 동안 만족을 느낍니다. 그들이 움직이면서 부산스런 소리를 낼 때면, 근사한 몸놀림으로 다른 인형들의 시선을 사로잡습니다. 하지만 현란한 몸짓을 계속 하기 위해서는 자꾸만 태엽을 감아주어야 합니다. 이대로 계속 나가면 무슨 일이 일어날지 불을 보듯 뻔합니다. 조만간 무리해서 움직인 몸 이곳저곳에서 신호가 올 겁니다. 쉬지 못한 스프링이 늘어나버리고, 톱니가 닳아 더 이상 태엽이 돌아가지 않고, 헐거워진 바퀴들도 하나 둘씩 떨어져나가겠지요.

자존심을 세우기 위해 순간의 성취와 물건의 구입에 집착하면, 우리에게도 이와 같은 일이 일어납니다. 물질문명은 우리에게 물질과 지위에 목을 매면 훨씬 더 기분이 나아질 것이라고 속삭입니다. 그리고 얼마 동안은 이 방법이 효과를 발휘할 수도 있습니다. 하지만 물건을 사거나 승진을 해서 얻어진 우쭐한 기분의 수명은 너무나도 짧습니다. 그러니 우리는 또 다른 종류의 취득과 다른 종류의 성취로 눈을 돌려 적극적으로 이를 찾아야 합니다. 그 과정은 결코 끝나지 않을 수도 있습니다. 그렇기 때문에 우리의 인생은 목적의 연속이라고 하는 덫에서 벗어나야 합니다. 중요한 것은 목적이 아니라 과정이니까요.

빼빼마른 말은 이야기합니다. 진짜는 오랜 시간에 걸쳐 되어 가는 어떤 것이라고 말입니다. 이는 자신을 발견하고 자신의 본질에 다가가서 그 본질에 알맞은 인생을 일구어나가는 모든 과정입니다. 이러한 과정에 발을 들여 놓았다면, 당신은 이미 진짜가 되기 시작한 겁니다. 이렇듯 가장 소중한 것들을 갈고닦을 때, 성장하고 성숙해지며 더욱 진정한 존재가 될 수 있습니다.

당신은 이렇게 말할지도 모릅니다.

"좋아요. 인간에게 기본적으로 필요한 것들과 바람들이 진정한 삶의 일부분이라는 사실은 알겠는데, 그게 도대체 뭔가요?"

물론 저마다 중요하게 생각하는 것들이 다를 겁니다. 하지만 진정한 존재가 되자면 모두에게 꼭 필요한 것들이 있답니다. 당신의 가장 중요한 가치를 알기 위한 과정을 시작하기 전에, 다음의 얘기들을 마음속 깊은 곳에 새겨 넣으세요.

밀접한 인간관계는 우리에게 보다 진정한 느낌을 줍니다. 인간은 사회적인 동물입니다. 밀접하고도 안전한 인간관계들은 우리를 행복하고 안정감 있게 만들어 줍니다. 물론, 이러한 인간관계는 자신의 느낌에 솔직할 때만이 진짜가 될 수 있지요.

뜻있는 일은 우리에게 보다 진정한 느낌을 줍니다. 뜻있는 일에는 돈을 벌기 위한 것 이상의 의미가 담겨 있습니다. 다른 사람들을 위해 가치 있는 일들을 한다거나 지역사회에 긍정적인 영향을 끼치는 일 등이 그 예가 될 수 있겠지요. 우리 모두가 사회운동가나 선구자가 되어야 한다는 말은 물론 아닙니다. 하지만 지금 하는 일을 통해 정당하고 정직한 서비스나 물건을 제공한다는 느낌을 가질 수 없다면, 뜻있는 일을 하고 있지 않은 것입니다.

창조와 성장은 우리에게 보다 진정한 느낌을 줍니다. 우리가 새로운 어떤 것을 배우거나, 시도하거나, 만들어낼 때마다 우리는 보다 진정한 느낌을 가질 수 있습니다. 이번에도, 유화나 조각처럼 근사한 어떤 것에 관한 얘기가 아닙니다. 사람들은 수많은 방법으로 자신을 표현할 수 있습니다. 그리고 우리는 사랑하는 사람들과 함께 걷거나, 손자 손녀들과 함께 정원을 손질하거나, 심지어 책을 읽는 동안에도 성장할 수 있습니다.

다른 사람을 가르치고, 양육하고, 보살피는 것은 우리에게 보다 진정한 느낌을 줍니다. 첫아이를 기르는 부모들은 하나같이 입을 모아 아이가 자신들의 인생을 송두리째 변화시켰다고 얘기합니다. 이는 오직 자신만을 위해 살던 세상에서 걸어 나와, 이제 다른 사람을 생각하고 배려하고 무엇이든 아낌없이 줄 수 있게 되었다는 뜻입니다. 그러기 위해 모든 사람이 어머니나 아버지가 될 필요는 없습니다. 당신의 주변을 가만히 돌아보세요. 가르치고 양육하고 보살필 수 있는 기회가 곳곳에 숨어있지 않나요?

위의 기본적인 네 가지 범주는 그저 시작에 지나지 않습니다. 당신이라면 더 많은 것들을 생각해내 다섯 번째와 여섯 번째, 그리고 그 다음의 범주를 만들어낼 수 있습니다. 여기서 한가지 눈여겨볼 점은, 이 모든 범주들 속에는 당신이 쉽게 살 수 있거나 이룰 수 있고 또 그만큼 쉽게 버릴 수 있는 것들이 하나도 포함되어 있지 않다는 사실입니다. 인간관계, 일, 창조적인 활동, 그리고 봉사에 이르기까지, 이 모든 것들은 과정입니다. 진정한 존재가 되고 이를 지켜나가기 위한 과정에서, 우리는 분명 이 모든 것들을 만나게 될 겁니다.

물질문명이 즉각적인 만족을 강조하는 반면, 철학이나 신학은 오랜 시간에 걸쳐 확립되고 유지된 인간관계와 재능과 뜻있는 일과 다른 사람을 위한 봉사에서 기인한 만족스런 삶을 지향합니다. 그래서 어느 유명한 철학자는 인생을 일컬어 '풀어야 할 문제가 아니라 경험해야 할 진실"이라고 말했을 겁니다.

하지만 중요한 것은 도착하려는 장소가 아니라 그곳에 닿기 위해 거치는 모든 여정이라는 사실을 깨닫기 위해 우리가 반드시 철학자의 말을 빌릴 필요는 없다는 것입니다. 모두들 저마다의 인생을 살아오면서 그 진실을 직접 경험했을 테니까요.

상담을 위해 나를 찾은 이들을 보면 알 수 있습니다. 내가 만난 한 어머니는 기분이 좋지 않은 딸 때문에 벌써 몇 달 동안 안절부절못하고 있었습니다. 하지만 무슨 일이 있는지 물으려는 그녀의 시도는 번번이 실패로 돌아갔습니다. 그러다 그녀는 딸과 함께 어느 날 오후를 그저 최선을 다해 멋지게 보내기로 마음먹었습니다. 모녀는 함께 근사한 점심을 먹었고 해변을 산책했습니다. 해가 뉘엿뉘엿할 무렵, 딸이 요즘 자신의 생활에 대한 얘기를 시작했습니다. 그리고 그동안 자신을 고민에 빠뜨렸던 일들을 털어놓았습니다. 이 모두가 어머니가 딸과 함께 오후의 한 때를 즐겁게 보내면서, 그동안 끊임없이 마음을 무겁게 해왔던 것들을 잠시 접어두었기 때문에 가능했습니다.

이 모녀의 경험은 우리가 인생을 흘러가는 대로 놔둘 때 어떤 일이 일어날지 말해줍니다. 두 사람은 서로에게 진정한 존재가 되어 편안한 시간을 보냈고, 훨씬 더 가까워질 수 있었습니다. 이들은 앞으로 얻게 될 결과보다, 함께 보내는 시간 자체가 소중했습니다.

모녀가 함께 보낸 시간 속에서 만들어진 관계야말로 진정한 존재의 특징이라 할 수 있습니다. 또한 인생을 끝없이 이어지는 성취와 획득의 연속이라고 보는 것과, 인생을 흘러가는 대로 놔두는 과정으로 바라보는 시각 사이에 얼마나 큰 차이가 있는지를 극명하게 보여줍니다. 전자의 시각으로는 눈에 보이는 기쁨과 즐거움을 느낄 수 있을지 모르지만, 후자의 시각을 통해서는 진정한 행복을 찾을 수 있답니다.

행복과 즐거움은 어떻게 다른 걸까요? 10대 아들과의 사이에 문제를 가지고 있던 한 아버지의 얘기가 이 질문에 대한 답을 가르쳐주리라 생각합니다. 그는 지난 몇 년 동안 아들과의 관계를 원만히 만들기 위해 무던히도 애를 썼지만 아무런 소용이 없었습니다. 이들 부자는 그동안 수백 번도 넘게 정말 사소한 일로 언쟁을 벌이곤 했습니다. 어느 날 아버지는 뒷마당에 작은 오두막을 만들기로 결심하고, 아들에게 동참해 주길 부탁했지요. 부자가 함께 인터넷을 샅샅이 뒤져 근사한 조립식 오두막을 찾아냈고, 필요한 재료들을 주문했습니다. 그리고 주말 내내 나란히 앉아서 함께 오두막을 조립했습니다.

오두막 조립은 마치 조각 그림 맞추기와도 같아서 오두막을 이루는 재료들이 하나 둘 제자리를 찾아갈수록 점점 더 속도가 붙었고 훨씬 수월해졌습니다. 그는 일하는 재미에 푹 빠져 있었던 터라, 정작 오두막이 완성되자 두 사람 모두 너무 섭섭해했다고 말했습니다. 그 뒤로 그는 아들의 잘못을 지적하고 이를 바로잡는 일을 그만두었습니다. 그가 경험한 것은 단순한 즐거움이 아니었습니다. 그것은 진정한 행복이었습니다. 그리고 그 경험은 언젠가 그 오두막이 사라지더라도 앞으로도 오랫동안 그의 가슴 속에 남아 있을 겁니다.

우리 모두가 즐겁기를 바라는 것은 너무나도 당연합니다. 하지만 많은 즐거움을 느낌에도 불구하고 만족스럽지 못하고 공허감이 느껴진다면, 이 즐거움과 행복이라는 단어 속에 담긴 의미의 차이를 되짚어 볼 필요가 있습니다. 즐거움은 포괄적인 것입니다. 예를 들면 놀이 공원의 롤러코스터를 타는 일은 대부분의 사람들에게 즐거운 것입니다. 하지만 누군가와 함께 이 즐거움을 나누면서 더 가까워졌다는 느낌이 들지 않으면 행복을 느끼기는 힘들 겁니다. 더 좋은 예가 있네요. 당신이 뒷마당에서 노는 한 아이와 그 아이의 부모를 보게 되었다고 합시다. 이들이 하는 놀이를 지켜보는 일은 즐거울 겁니다. 하지만, 당신도 그 놀이 속에 들어가 중간에서 공을 뺏기도 하고 어이없는 실수를 해서 웃음을 터뜨리기도 한다면, 행복을 느낄 수 있지 않을까요?

행복은 과정에서 느낄 수 있습니다. 행복을 맛보기 위해, 때로는 기쁨을 잠시 뒤로 미루고 즐거움을 접어두기도 해야 합니다. 운전면허를 따기 위해 교육을 받던 때를 떠올려 보세요. 정말 즐겁지 않은 시간이었지만, 처음 혼자서 차를 몰고 길로 나서던 그 순간은 정말 행복하지 않던가요.

눈치 챘셨나요? 진정한 존재가 되는 과정에서 꼭 필요한 것은 바로 인내랍니다. 빼빼마른 말은 이 점을 분명히 밝혀두고 있습니다. 진짜가 되려면 '오랜 시간이 필요하다'고 말입니다. 이 얘기를 들은 헝겊토끼는 크게 한숨을 내쉬지요. 우리의 반응도 별반 다르지 않을 겁니다. 하지만 헝겊토끼는 이내 근심을 떨쳐버립니다. 그리고 아주 조금씩 진짜 토끼가 되어 가는 과정에서 놀라운 인내심을 보여줍니다.

우리가 살아가는 이 세상은 모든 것이 너무나도 빨리 진행됩니다. 동화 속의 배경이 되는 놀이방과는 정 반대로 말입니다. 날마다 약진하는 과학과 발전하는 기술은 우리들의 생활을 한층 더 빠르게 만듭니다. 하지만 우리는 절약된 시간들을 생각하고 돌아보는 데 사용하지 않습니다. 대신, 우리 자신을 더 강하게 몰아붙입니다. 시간을 절약하기 위해 가장 빠른 이동 수단인 비행기를 타고 출장을 가는 사업가가 있다고 합시다. 그 사람은 아마도 비행기 안에서조차 쉬지 않을 겁니다. 하늘을 날아가는 동안에도 컴퓨터로 업무를 처리하고, 착륙하는 즉시 휴대폰을 꺼내 사무실에 전화를 하겠지요.

이렇게 바삐 돌아가는 세상 속에서, 중요한 어떤 것을 얻기 위해 기다려야 한다는 생각이 이상하게 들릴 수도 있습니다. 심지어 혼란을 겪을 수도 있을 겁니다. 모든 일을 한번에 빠르고 완벽하게 해낼 수 있어야만 한다는 생각에 사로잡혀 우리는 자신에 대해 실망하게 되는지도 모릅니다. 하지만 진짜가 되는 지름길은 존재하지 않습니다. '과정'은 긴 시간 동안의 노력입니다. 그 안에서 진정한 행복을 경험할 수 있다는 신념을 잃지 않으면, 시간이 주는 소중한 선물을 음미할 수 있답니다.

당신이 진정한 존재가 되기 위해 신중하게 숙고하면서 모든 것을 시간에 맡길 수 있을지 염려된다면 이것을 기억하세요. 오늘날의 초고속 생활방식은 지극히 최근에, 더구나 잘못 만들어진 것이라는 사실을 말입니다. 인간의 천성은 본디 이렇듯 지나치게 활동적이지 않았습니다. 오랜 세월 동안 사람들은 째깍 째깍 흘러가는 시간이 아닌 계절의 흐름에 따라 살아왔습니다. 그러니 당신도 좀 더 인내심을 가질 수 있습니다. 그렇게 하다 보면, 진짜가 되어 가는 과정 자체가 당신의 하루하루에 큰 기쁨을 가져다준다는 사실을 발견하게 될 겁니다.

진짜는 감정에 솔직합니다

그날 밤, 헝겊토끼는 소년의 침대에서 잠이 들었습니다. 다음 날 밤에도, 그 다음날 밤에도 그랬습니다. 처음에는 소년과 함께 잠을 잔다는 것이 불편하기만 했답니다. 소년이 너무 꼭 끌어안 거나, 베개 밑에 깔려 숨이 막힐 때도 있었거든요.…… 하지만 그리 오래지 않아 헝겊토끼는 소년과 함께 자는 것을 좋아하게 되었습니다. 잠들기 전까지 들려오는 소년의 이야기 소리도, 진짜 토끼들이 사는 굴처럼 만들었다는 소년의 이불 터널도 정말 근사했으니까요.

《헝겊토끼》속에서, 느낌은 참으로 중요한 역할을 합니다. 헝겊토끼는 이야기 곳곳에서 불안, 초조, 두려움, 그리고 사랑을 느낍니다. 처음부터 끝까지, 그는 빼빼마른 말처럼 진짜가 되고 싶은 변함 없고도 강렬한 갈망을 드러냅니다.

빼빼마른 말은 진짜가 되는 과정에서 우리의 진정한 감정을 이해하고 깨닫고 표현하는 것이 얼마나 중요한지 강조합니다. 이야기 속에서, 헝겊토끼는 자신의 불편함을 솔직하게 인정합니다. 소년의 사랑과 관심을 받을 수 있었던 것도 그가 자신의 감정을 부인하지 않았기에 가능했습니다.

우리가 진정으로 존재할 때 우리는 자신의 감정에 솔직합니다. 우리는 우리의 감정에 확실하고도 민감하게 반응합니다. 그리고 그 감정이 들려주는 이야기에 귀를 기울입니다. 이는 감정이 이성을 능가하기 때문이 아닙니다. 이 두 가지가 꼭 같이 우리에게 필요하니까요. 하지만 우리의 감정은 다양한 상황 속에서 가능한 가장 진실되고 가장 빠른 반응을 나타냅니다. 이는 위험한 상황에서는 적신호를, 그리고 좋은 것이나 좋은 사람을 만났을 땐 청신호를 보냅니다.

사람에 따라 인간 감정에 관한 이러한 관점을 받아들이기 힘들 수 있습니다. 하지만 이건 내가 만들어낸 생각이 아닙니다. 인간 뇌의 작용을 연구하는 과학자들이 많은 상황에 기쁨, 주의, 환희, 두려움과 같은 감정 신호가 이성적이고 논리적인 신호보다 훨씬 더 빠르다는 사실을 발견했습니다. 사실, 감정이란 마음이 순식간에 우리의 주의를 끌기 위해 사용하는 지름길이랍니다.

감정이라는 지름길의 좋은 예가 바로 공복감입니다. 내 학생 가운데 한 명은 이것을 일컬어 '배꼽 시계'라고 하더군요. 당신의 이성에 분명한 경고를 보내는 것은 바로 당신의 진정한 자아입니다.

문제는, 우리 대부분이 자신의 감정에 무신경하거나 무시해버리고 만다는 겁니다. 감정은 분명히 존재합니다. 그러니 우리가 이를 없애버릴 수는 없지요. 감정은 언제나 우리의 행동에 영향을 끼칩니다. 다만 우리가 종종 깨닫지 못할 뿐이랍니다. 우리는 자신의 감정을 인식하고 알아채는 능력이 부족하다거나, 그렇지 않으면 우리가 경험하는 모든 것들이 몇 가지의 지극히 단순한 기분으로 요약될 수 있다고 믿으면서 자신의 감정을 아주 일반적인 것으로 분류해버립니다.

부부를 대상으로 상담할 때, 이와 같은 현상을 관찰할 수 있더군요. 대부분의 상황에서 여성들은 '슬프다'거나 '마음이 아프다'와 같은 표현을 씁니다. 슬픔이나 아픔 같은 말들은 여성들에게 문화적으로 수용되는 감정들입니다. 반면에 분노나 원한, 그리고 다른 귀에 거슬리는 감정들은 여성답지 못하거나 부끄러운 것으로 간주합니다.

이와는 반대로 남성들 대부분은 모든 성가신 일에 대해 '정말로 분노가 치밀어 오른다' 와 같은 말로 자신의 느낌을 표현합니다. 심지어 내게는 두렵고 부끄럽거나 혼란스럽다는 말이 더 적합할 것처럼 보이는 경우에도요. '분노' 는 남자가 써도 되는 말이지만, '두렵다' 는 결코 그렇지 못한 것입니다.

우리 대부분은 감정적인 경험과 이를 표현하는 말 사이의 괴리를 느낍니다. 어떻게 이런 일이 일어나게 되었을까요? 그 과정은 대부분 어린 시절에 시작됩니다. 아이들이 어른들의 귀에 거슬리는 말을 사용하면 혼이 나고, 자신의 솔직한 감정을 숨기거나 부인하면 칭찬 받는 과정에서 자연스러운 학습이 이루어진 겁니다.

이는 생각보다 훨씬 다양한 방법으로 이루어집니다. 우리는 우는 아이를 달래기 위해 과자를 줍니다. 하지만 대부분의 경우에 왜 우는지 그 까닭은 무시해버립니다. 혹은 생기 넘치는 꼬마를 보고 웃어버려서 즐거움을 표현하는 소년에게 부끄러움을 느끼게 합니다. 감정은 한순간에 사라질 수 있습니다.

상담을 위해 나를 찾아온 분이 이런 말을 하더군요. 어렸을 때, 무엇 때문엔가 울고 있었는데 어머니가 자신을 마치 '냄새 나는 썩은 고기' 처럼 바라보더라는 겁니다. 이때의 기억 때문에 항상 울음을 꿀꺽 삼켰습니다. 이와는 반대로, 불평 없이 고통을 참을 때면 어머니로부터 '용감한 작은 군인'이라는 칭찬을 들었기 때문에, 그는 팔이 부러졌을 때조차 울 수 없었다고 하더군요.

물론 한 가정의 분위기가 아무리 숨 막힐 듯 갑갑하다고 해도, 특정한 감정들은 허락됩니다. 그것이 성별에 따른 엄격한 개념인 경우라면 말입니다. 소녀들의 경우 좀 더 솔직하게 감정을 드러내고 표현할 수 있습니다. 하지만 동시에 특정한 유형의 타입으로 살아가야 하는 압력을 받습니다. 여자 아이들은 공격성, 자긍심, 야망과 같은 것들이 자신에게는 적합하지 않다고 간주합니다. 소년들은 분노와 행복 그리고 결심을 나타내는 것이 용인되지만, 두려움이나 근심 혹은 지나친 연민을 표현하지 않는 것이 좋습니다.

물론 어른이 되어서도 충동적이거나 긴장이 완전히 풀려서는 안 되겠지요. 문제는 대부분의 어른들이 자기 통제와 자기 부정을 구별하지 못한다는 겁니다. 만일 아이의 감정을 지나치게 억누른다면, 아이는 어른이 되어서도 자신의 감정으로부터 완전히 단절되어 진정으로 중요하고 가치 있는 것을 구별해낼 때 감정의 도움을 받지 못하지요. 자기 감정의 길잡이 없이는 결국 불행으로 이어질 결정을 내리게 될 겁니다. 직장과 가정생활과 친구들과의 관계에서 생겨나는 수많은 선택의 순간에 말이죠.

억누르는 방법을 배웠다 할지라도, 감정은 절대 완전히 사라져버리지 않습니다. 그것은 여전히 남습니다. 그리고 우리도 그 사실을 알고 있습니다. 숨기려고 애쓸수록, 감정은 더 강렬해집니다. 감정이 마비된 채 살아가는 사람들을 만날 때면 종종 이들이 자신의 마음속을 들여다보는 것에 몹시도 두려워한다는 사실을 발견합니다. 자신이 무엇을 찾게 될지 몰라 두려운 것입니다.

사실 우리는 모두 탐욕, 시기, 격분과 같이 곤란한 데다 보기 흉하기까지 한 감정들을 경험한 적이 있습니다. 아무리 부정하려고 해도 이러한 감정들은 쉽게 사라지지 않습니다. 이들은 결코 부끄러운 감정이 아닙니다. 다만 이 감정들을 올바른 시각으로 바라볼 수 없을 때, 비로소 문제가 생기는 것입니다. 그러니, 우리 자신이 이러한 감정들을 제대로 경험하고 인식할 수 있도록 허락해야합니다.

우리가 인식하고 받아들이지 않으면, 미처 깨닫지 못하는 사이에 우리의 감정이 새어나가고 맙니다. 무어라 설명할 수 없을 만큼 배우자에 대해 조바심을 내고, 아이에게 심한 꾸중을 하고, 점원에게 무례하게 굴 때가 바로 그런 순간입니다. 우리는 미처 인식하지 못한 감정들을 종종 이렇듯 이상스럽고 괴팍스러운 상황들로 표현합니다. 감정은 저마다 고유한 에너지를 가지고 있습니다. 이러한 감정은 무시해버리면 그만이라고 생각할지 모르지만, 절대 그렇지 않습니다. 옆으로 제쳐 놓아 봐도 아무런 소용이 없습니다.

다행히도, 뇌 속의 감정 중추는 절대 작동을 멈추지 않습니다. 우리가 이들의 이야기에 귀 기울이지 않으려는 것뿐이지요. 모든 사람들에게는 자신의 감정을 정확하게 느낄 수 있는 충분한 능력이 있습니다. 나는 종종 사람들에게, 미처 알아채지는 못하지만 분명히 일상생활 속에서 경험하는 감정들을 구체적으로 기록한 목록을 건넵니다. 그래서 사람들이 진정함의 길로 들어설 수 있도록 돕습니다. 목록 안에는 그들의 내적 경험을 설명할 수 있는 수많은 단어들이 있습니다.

갈망하다	미친 듯하다	유치하다	지겹다
걱정스럽다	무기력하다	의존적이다	지치다
게으르다	불안하다	우울하다	정답다
고약하다	부끄럽다	왕성하다	창조적이다
공허하다	비열하다	연약하다	차분하다
괴롭다	부족하다	유용하다	쾌적하다
그립다	불쌍하다	열광적이다	평온하다
급변하다	불편하다	압도되다	폭력적이다
난처하다	순수하다	인색하다	포기하다
냉정하다	쓸모없다	의심 많다	편안하다
단호하다	슬픔에 잠겨 있다	오싹하다	희망적이다
당당하다	성마르다	어리석다	행복하다
독립적이다	솔직하다	우쭐대다	흥미진진하다
두렵다	산란하다	악용하다	혼란스럽다
들뜨다	쇠진하다	애교 있다	화나다
무미건조하다	시샘하다	지루하다	흥분하다
무디다	상처입기 쉽다	좌절하다	현명하다
무능하다	수줍다	절망적이다	헛되다
매력적이다	심각하다	자유분방하다	
모순적이다	속수무책이다	조급하다	

목록을 보고 나면, 사람들은 보통 인간의 감정이라는 것이 얼마나 폭 넓고 복잡 미묘하며 다양한지 다시 한번 생각하고 이해합니다. 이러한 사실을 깨닫고 들뜬 나머지 내 목록에다 몇 가지 새로운 단어들을 덧붙이는 분들도 있습니다. 그들은 이 목록이 그저 시작에 불과하다는 사실을 압니다. 이것을 깨닫고 나면, 스스로의 감정에 귀 기울이기 시작하는 다음 단계로 넘어갑니다.

　내가 자기 공감이라고 부르곤 하는 감수성은 진정한 존재가 되기에 앞서 물질적인 삶을 떨쳐버릴 수 있도록 도와주는 중요한 도구 중 한가지입니다. 이는 일종의 자각과도 같은 것인데, 자신의 경험과 동떨어져 있어 많은 이들에게 부족한 자질이기도 합니다. 때로 사람들은 자신과 분리된 채 자신의 반응을 추측해야만 합니다. 하지만 이 목록을 가지고 있으면, 대부분의 경우 그 순간에 느끼는 감정을 제대로 표현할 수 있게 됩니다. 보통 이 중 서너 가지의 단어를 사용하면 자신의 감정 상태를 표현할 수 있습니다. 그리고 아무 일도 일어나고 있지 않다고 생각하는 순간에조차, 자기 안에서 그토록 많은 일들이 일어나고 있음을 알게 된 사람들은 놀라움을 금치 못합니다.

이 느낌 목록을 지니고 일상생활을 하는 것이 다음 단계입니다. 작은 공책에 목록을 적어서 늘 가지고 다니세요. 매 시간, 잠시 멈춰 서서 목록을 펼쳐보세요. 또한 당신의 감정을 적으세요. 그리고 어떠한 일에 대한 당신의 느낌과 행동을 곱씹어보세요. 당신도 놀라운 결과를 얻을지 모릅니다. 나와 함께 작업했던 한 여성은, 오후에 친척을 방문하고 '불안한, 속수무책인, 우울한, 그리고 절망적'이라고 기록했습니다. 하지만 그녀는 당시 이러한 감정들을 숨기려고 애썼습니다. 심지어 자신에게조차 말이죠. 그날 밤에 그녀는 과자 한 상자를 다 먹었습니다. 며칠 뒤 우리가 다시 만났을 때, 그녀는 이렇듯 억눌린 감정들이 늦은 시간의 폭식과 깊은 관련이 있다는 사실을 깨달았습니다. 사실 그녀는 거의 일생 동안 폭식을 해왔다고 털어놓았습니다. 그리고 이것은 그동안 완전히 부정되어온 감정과 연관되었습니다. 무엇보다도, 음식은 하나의 물질에 지나지 않습니다. 그리고 물질로는 감정적인 문제들을 결코 해결할 수 없습니다.

시간이 조금 걸리기는 했지만 폭식을 거듭해온 이 여성은 결국 부정과 폭식으로 이어지던 자신의 모습을 진정한 시선으로 바라볼 수 있었습니다. 그녀는 남편과 얘기를 나눴고, 친척들과 만나는 횟수를 좀 줄이자는 결론에 이를 수 있었습니다. 만나더라도 복잡하고 무거운 주제에 관한 얘기는 가능한 피했습니다. 그리고 상담을 통해 자신의 감정에 대해 많이 얘기하자, 음식을 통해 자신을 위로하고 싶은 충동을 더 이상 느끼지 않게 되었습니다.

처음에는 이 방법이 어색하고 복잡하게 느껴질 수 있습니다. 하지만 자신의 감정에 공감하는 것을 습관으로 만드는 데는 그리 오랜 시간이 필요하지 않답니다. 그리고 이 방법이 너무 자신의 감정에만 초점을 맞춰서 제멋대로인 것만 같아 보였다면, 이 방법의 마지막을 눈여겨보세요. 바로 다른 사람의 느낌에 공감하는 겁니다. 이것은 언제든 가능한 일입니다. 자신의 감정을 인식하고 이를 존중하는 방법을 배우면, 누구든 다른 사람의 감정을 헤아릴 수 있습니다. 뿐만 아니라 사랑하는 사람들, 친구들, 아이들 그리고 다른 이들의 감정과 개성을 존중하고 그 진가를 인식하는 방법을 조금씩 조금씩 알게 됩니다.

감정적으로 민감해지게 되는 데는 부작용도 따릅니다. 다른 어느 때보다 유독 가족이나 친구들과 함께할 때 민감하게 반응하는 자신의 모습을 발견할지도 모릅니다. 혹여 그렇더라도 당황하지 마세요. 결국에는 이러한 감정들을 다루고 이에 반응하는 방법을 알아가게 될 테니까요. 그러는 동안에 자신과 다른 모든 사람들을 진정으로 공감할 테니까요. 물론, 주변에서 일어나는 일들을 진정으로 느낄 수 있게 되면 인생이 전보다는 조금 더 복잡해질 겁니다. 하지만 동시에 훨씬 더 풍요롭고 보다 진정한 인생을 살 수 있게 된답니다.

모든 감정에 좀 더 공감할 수 있으면, 좀 더 행복해질 뿐만 아니라 다른 사람과 끈끈한 관계를 맺을 수 있습니다. 감정과 공감이 인간 본성의 근간을 이루기 때문입니다. 인류학자들은 함께 일을 하거나, 서로를 돌보거나, 애정이 생기는 데 반드시 공감이 필요하며 그것 없이는 인류의 생존이 불가능하다고 강조했습니다. 그렇게 하는 사람이 살아남고, 그렇게 하는 것이 자신의 유전자를 널리 퍼뜨리기에 가장 적합하기 때문이겠지요. 그래서 나의 감정들이, 그리고 다른 이의 감정들이 존중받을 때 마음속 깊은 곳에서 행복을 느끼는 것 아닐까요. 그것도 오직 인간만이……

진짜는 공감할 줄 압니다

기계로 작동하는 장난감들은 거만하기 이를 데 없어서, 다른 모든 장난감들을 깔보았습니다. 그들 사이에 있는 것만으로도 가여운 헝겊토끼는 자신이 더욱 초라하고 보잘것없게 느껴졌습니다. 그에게 친절한 이는 오직 빼빼마른 말 뿐이었습니다.

진짜가 아닌 상태에서는, 다른 사람들과 인내와 이해에 바탕을 둔 관계를 만들어나가는 일이 사실상 불가능합니다. 이야기 속에서, 나무 사자 티모시를 비롯해 기계로 작동하는 모든 장난감들은 친절함을 표현할 줄 모릅니다. 작가는 이 부분에서 우리에게 한 가지 이유를 살며시 드러냅니다. 그녀는 자신에 대해 몹시 자부심을 가지고 있던 모형 배가 자신을 화려하게 꾸며주던 페인트의 대부분을 잃어버렸다는 사실을 언급합니다. 그럼에도 그는 당당하기만 합니다. 하지만 그 당당함 뒤에는 더 이상 완벽하게 보일 수 없으면 어쩌나 하는 불안감과 두려움이 숨어 있습니다. 자신의 부끄러움을 숨겨야 하기에, 그는 다른 사람들에게 결코 공감할 수 없습니다.

이와 반대로 빼빼마른 말은 자신의 불완전함에 대해 진정 솔직하게 인정하며 결코 부끄럽게 여기지 않습니다. 만일 우리가 그렇다면, 다른 사람들을 있는 그대로의 모습으로 보듬어 안기가 훨씬 더 수월해질 것입니다. 빼빼마른 말은 헝겊토끼 내면에 깃들어 있는 아름다움과 가치를 알아볼 수 있었습니다. 그는 외롭고 수줍음 많은 새 친구에게 선뜻 마음을 열 뿐만 아니라, 처음부터 그를 더없이 친절하게 대합니다.

공감할 수 있다면, 우리는 사람들이 감정적인 존재며 그들의 감정은 각자의 경험에 큰 영향을 받았음을 이해할 수 있습니다. 또한 주어진 상황에 대한 사람들의 반응이 자신과는 다를 수 있다는 것도 알지요. 그러면 사람들의 솔직한 느낌이 과연 어떠할지 궁금해집니다.

공감은 동감과는 분명히 다릅니다. 동감은 '동의'와 같은 의미니까요. 우리가 누군가에게 동감한다면 그 안에는 동참의 의미가 포함됩니다. 공감은 동참하거나, 혹은 다른 사람과 당신을 감정적으로 섞인다거나 하는 의미가 아닙니다. 남을 배려하고 관심을 가지고 이해한다는 의미가 크지요. 다른 사람과 함께 있을 때면 언제나 이를 연습하는 것이 가능합니다. 그러면 인간의 경험이란 얼마나 한정적인지 새삼 깨달을 수 있습니다. 공감은 우리가 주변에 존재하는 진실과 아름다움, 그리고 선한 뜻을 볼 수 있게 합니다. 그러면 알게 된답니다. 이렇듯 훌륭한 것들은 때로 우리를 미칠 듯이 만들거나 좌절하게 했던 상황들 속에서조차 존재했다는 것을요. 다만 우리가 미처 보지 못하고 지나쳤을 뿐입니다.

공감이라는 것이 얼마나 큰 힘을 발휘하는지 알고 싶다면, 공감하지 못해 깨진 관계들을 돌아보세요. 얀과 스티븐이라는 이름을 가진 젊은 부부가 나를 찾아온 적이 있었습니다. 한 달 뒤면 첫 아이가 태어날 터였습니다. 사무실에 들어설 때, 두 사람의 얼굴은 모두 상기되어 있었습니다. 언뜻 보아도 무척 화가 난 것 같더군요. 그들은 너나할 것 없이 '꽈배기 한 상자 때문에 싸움이 시작되었다'고 말했습니다. 적어도 표면적인 이유는 그랬습니다.

예비 엄마의 설명에 따르면, 얼마 전 비오는 밤에 갑자기 도넛이 몹시도 먹고 싶더라는 겁니다. 어떻게든 참아보려 했지만, 임신을 해서 그런지 그 생각을 떨쳐버릴 수가 없었다는 군요. 얀은 할 수 없이 남편에게 도움을 청했고, 스티븐은 아내의 허기를 달래기 위해 기꺼이 길을 나섰다고 했습니다.

문제는 스티븐이 가게에 도착 했을 때였습니다. 가게에는 도넛이 다 팔리고 한 개도 남아 있지 않았던 겁니다. 스티븐은 고민에 빠졌습니다. 순간 도넛과 꽈배기가 아주 비슷하다는 생각을 했습니다. 재료뿐 아니라 만드는 방법까지 비슷하니 분명히 꽈배기가 도넛을 대신할 수 있을 거라고 생각했습니다. 하지만 비에 흠뻑 젖은 채로 오돌오돌 떨면서 집에 도착했을 때, 아내의 반응은 예상했던 것과는 정반대였습니다. 스티븐은 그녀가 좋아서 펄쩍펄쩍 뛰면서 자신을 환영해주리라 생각했었거든요.

"꽈배기를 본 순간, 이번에도 역시 남편이 내 말을 전혀 귀담아 듣지 않았다는 느낌이 들었어요."

소파에 깊숙이 몸을 기대고 앉은 얀이 당시를 이렇게 회상했습니다. 그녀는 출산이 임박해 몹시 불안했고 회의감에 빠져 있었으며, 남편의 손길이 필요했던 겁니다. 하지만 몇 주 동안 실망을 거듭한 상태라, 그녀는 스티븐이 자신에게 관심을 보이지 않는다고 믿었습니다. 그녀에게 꽈배기 사건은 남편이 자신의 마음을 전혀 헤아리지 못한 또 하나의 사건일 뿐이었습니다.

스티브은 비가 쏟아지는 밤에 밖으로 나간 것만으로도 아내에 대한 관심을 충분히 보여준 것이며, 꽈배기랑 도넛은 이름만 다를 뿐 같은 것이라 여겼지요. 그러니 집에 돌아와 마주한 아내의 얼굴을 보고는 처음에는 당황했고, 곧이어 화가 것이죠. 그는 자신이 부당한 대접을 받은 것만 같아 몹시 속상해 했습니다. 그는 이런 아내를 향해 '바보'라고 했고 이 말에 얀은 상처를 받았습니다.

이런 일을 상담하느라 꼬박 한 시간을 보냈다고 하면 좀 우스워 보이겠지만, 우리는 서로의 마음을 들여다보기 위해 열심히 노력했습니다. 그리고 이것이 단순히 도넛에 관한 문제가 아니라는 사실에 동의했습니다. 싸움은 그들 자신과 임신과 아기가 태어나면 달라질 생활에 대한 생각에서 출발한 것이었습니다. 지난 몇 달 동안, 얀은 임신을 자신의 일부가 아닌 하나의 성가신 존재로 여겨왔습니다. 그녀는 다른 사람의 눈에, 특히나 남편 스티브의 눈에 자신이 어떻게 비춰질까 걱정했습니다. 그리고 다가올 미래에 대해 심한 두려움을 느끼고 있었지요. 스티브은 아내가 아이를 낳고 기르는 동안 자신이 옆에서 잘 도와줄 수 있을지 불안했습니다. 좋은 아빠가 못 될까 봐 두려워하고 있었으며, 부모라는 새로운 역할에 압도된 나머지 그동안 아내와 함께한 행복한 생활이 영영 사라져버리지나 않을까 걱정스러웠습니다.

얀과 스티븐이 얘기하는 것을 보면서, 나는 정직이 가진 힘을 새삼 깨달았습니다. 그동안 가슴에 품고 있던 두려움과 근심들을 꺼내 함께 나누자, 이들 부부의 얼굴이 한결 밝아졌고 목소리도 훨씬 더 부드러워졌습니다. 자신들의 걱정이 지극히 자연스러운 것이었음을 이해하자, 두 사람은 서로에게 훨씬 더 직접적이고 다정하게 다가갔습니다. 스티븐은 아내 얀에게 그녀는 여전히 세상에서 가장 아름다운 사람이며 앞으로도 그들의 행복이 계속될 것이라 얘기해주었습니다. 스티븐의 이런 마음에 깊이 공감한 얀은, 아이를 키우는 동안 그저 옆에서 지켜봐주는 것만으로도 힘이 되기에 충분하다고 얘기했습니다. 그리고 이런 말을 덧붙였습니다.

"나는 우리가 결혼하기 전부터, 당신이 나중에 정말 좋은 아빠가 되리라는 걸 알고 있었어."

용감하고 정직하게, 진정으로 자신의 감정을 털어놓자 얀과 스티븐은 서로에게 공감할 수 있었습니다. 이들은 다른 사람을 이해하고 진정으로 공감하기를 소망하는 사람들에게 가장 효과적인 방법 하나를 사용했습니다. 주어진 환경 속에서 만들어진 결과와 그 안에 담긴 상대방의 뜻을 따로 분리해 생각할 수 있게 된 겁니다.

다른 사람의 행동에 담긴 뜻을 이해하려 애쓸 때, 우리는 행동의 결과가 아니라 그 안에 담긴 뜻을 읽으려고 노력해야 합니다. 더구나 우리가 사랑하는 누군가의 행동으로 마음에 상처를 입었다면 더욱 그러합니다. 스티븐은 얀을 아끼는 마음에서 무언가를 했습니다. 비록 결과적으로는 얀이 원하던 도넛이 아니라 꽈배기를 사들고 돌아왔지만 그는 아내가 원하는 것을 들어주고 싶었고, 그가 아내에게 마음을 쓰고 있다는 사실을 보여주고 싶었습니다 하지만 얀이 남편의 그런 뜻을 헤아릴 수 있었더라면, 남편에게 그토록 화를 내지는 않았겠지요. 비에 흠뻑 젖은 남편을 따뜻하게 감싸 안아 줄 수 있었겠지요.

결과 속에 담긴 뜻을 잘 헤아릴 수 있으면 많은 상황에서 큰 도움이 됩니다. 진정한 삶 속에서 사람들은 일부러 다른 이들의 마음을 아프게 하지는 않으니까요. 하지만 부주의했거나, 불필요한 위험을 초래했거나, 그릇된 선택을 해 누군가에게 해를 끼쳤다면, 아무리 선한 뜻에서 출발한 것이라 해도 절대 용인 될 수 없습니다. 집에 있는 차를 몰고 나가 자신의 부주의로 차를 부서뜨린 10대 소년은 다음에는 좀 더 사려 깊게 행동하라는 말을 들을 필요가 있습니다. 하지만, 이것이 충분히 이유 있는 행동이었다고 믿는다면, 당신은 좀 더 공감 할 수 있었겠지요. 중요한 것은 당신의 행동이 주변의 사람들에게 지속적인 해를 끼쳐서는 안된다는 사실입니다.

자녀를 둔 부모라면, 이 방법이 도움 될 겁니다. 당신이 자녀를 하나의 개인으로 인정하고 그들에게 진정으로 공감하고 있는지를 알고 싶다면, 당신이 이런 말을 사용하고 있지는 않은지 돌아보세요.

"왜냐고? 난 네 엄마니까."

"내가 너한테 그런 것까지 일일이 설명해야 할 필요는 없어."

눈치 채셨나요? 모두가 너무나도 물질적인 말들입니다. 이런 말들은 당신이 힘을 가지고 있다고 자녀들에게 알리는 것 뿐입니다. 더 이상의 대화가 불가능한 것은 당연하지요. 이런 말을 듣는 순간, 아이들은 부모들이 더 이상 자신들의 견해 따위에는 관심을 가지려 하지 않는다고 여깁니다. 그리고 때로 전보다 훨씬 더 공격적으로 변하곤 하는데, 이는 부모들이 자신들을 온전한 개인으로 대접하게 만들고픈 마음에서 야기된 행동인 경우가 많습니다. 물론 대부분의 경우엔 이런 시도가 오히려 역효과를 유발해 서로 간에 오해가 커지고, 결국 돌이킬 수 없는 길로 들어서게 만듭니다.

상대방이 이해할 수 있는 방식으로 자신의 마음을 터놓을 때, 비로소 서로 공감할 수 있는 대화가 가능해집니다. 《헝겊토끼》에 등장하는 '모형 배'는 기회가 있을 때마다 전문적인 용어를 써가며 자신의 돛이며 돛대며 밧줄 같은 것들에 대한 자랑을 늘어놓습니다. 이것이야말로 너무나도 물질적인 행동이며, 그릇된 대화 방법입니다.

물론 말하는 방법보다 훨씬 중요한 것이 바로 듣는 방법입니다. 상대방의 말에 공감을 하면서 귀 기울이는 사람은 언제나 그 사람이 하는 말의 요점에 집중하려 노력합니다. 이는 질문을 받았을 때, 어떤 대답을 해야 할지 고심한다는 뜻입니다. 그것이 단순히 안부를 묻는 질문이라 하더라도요. 하지만 최근에 받았던 전화들을 생각해보세요. 전화 건 사람들 대부분은 그저 형식적인 인사를 던지지 않던가요? 그들이 그 안부에 대한 당신의 대답을 듣고 싶어 하던가요? 만일 그렇지 않았다면, 너무 바빠 당신의 진지한 대답을 들을 만한 시간이 없었을지도 모릅니다. 이런 경우라면 차라리 안부를 안 묻는 게 낫지 않을까 하는 생각도 듭니다. 사람들은 직감적으로 당신이 자신의 말을 귀담아 듣는지 아닌지 압니다. 그러니 너무 바빠 겨를이 없을 때엔 관심이 있는 척하기보다는 차라리 솔직하게 말하는 편이 훨씬 낫습니다.

그런 까닭에 상대방의 말을 끊고 먼저 대답을 해버리는 것은 정말 좋은 행동이 아닙니다. 우선 상대방은 당신의 마음이 다른 데 가 있으며 자신에게 전혀 집중하지 않는다는 사실을 눈치 챌 테니까요. 더구나 상대방의 말을 끝까지 듣지 않고는 진정으로 도움이 될 만한 대답을 할 수 없습니다. 그러니 퀴즈 프로그램에

나가 문제를 푸는 경우가 아니라면, 언제나 상대방의 얘기를 끝까지 다 듣고 대답을 해야 합니다.

누구든 진심을 감추고선 진정한 대화를 나눌 수 없습니다. 꼭 의논할 얘기가 있어서 자리를 만들었으면서, 별일 없는 듯 평소와 다름없이 행동하는 경우에 이런 일이 일어나지요.

어떤 이가 당신에게 커피나 한잔 하자고 합니다. 그래서 나갔더니, 처음에는 이런 저런 잡담을 늘어놓으며 당신의 긴장을 풀어 놓고는 얼마 지나지 않아 갑자기 심각한 질문들을 해대고 무리한 부탁을 한다면 어떨까요. 당신은 분명 당혹스러울 겁니다.

감춰진 진심은 소중한 인간관계를 깨뜨리곤 합니다. 듣는 이가 미처 공감할 시간을 가질 수 없기 때문입니다. 그럼 어찌해야 할까요?

당신의 관심 사항을 솔직하게 드러내야 합니다. 대화하려는 목적을 감추지 마세요. 예의를 갖추지 말라는 것이 절대 아닙니다. 여전히 다정함을 간직하고도 그렇게 할 수 있으니까요. 다만, 당신이 뜻하는 바를 속이지 마세요.

인간관계를 맺어나가는 데 있어 공감이 중요한 부분을 차지하지 못하는 경우를 많이 봅니다. 사업상의 만남만 해도 그렇습니다. 자신의 진정한 모습을 그대로 드러내는 경우가 얼마나 되겠습니까. 하지만 우리는 일상 속에서 진정한 만남들을 조금씩 늘려나갈 수 있답니다. 그 만남 속에서 공감의 정도를 키워갈 수 있는 것은 물론이고요.

다른 사람의 입장에 서보고 그들의 경험이나 느낌을 이해하려 애쓸 때, 비로소 그들의 행동이나 선택을 가장 긍정적이고 너그러운 방법으로 해석하는 것이 가능합니다.

이러한 시각을 키울 수 있는 기회는 어디서든 찾을 수 있습니다. 예를 들어 우리가 도로 위에 있다고 합시다. 우리 앞에는 연세 지긋한 양반이 운전하는 차가 한 대 있습니다. 추월을 할 수도 없는 상황인데, 앞차는 그야말로 세월아 네월아 하면서 천천히 가는 데다 조금씩 비틀거리기까지 합니다. 그 뿐만이 아니라 벌써 2킬로미터 전부터 방향 지시등을 켠 채로 달리고 있습니다. 이런 차 뒤꽁무니를 따라가다 보면 우리 대부분은 가슴이 갑갑해질 겁니다. 개중에는 화를 내는 사람도 있겠고 이렇게 말하는 사람도 있겠죠.

"이봐요 영감님, 거 길 좀 비키시죠!"

하지만 우리가 그 연세 지긋한 운전자를 의식적으로라도 공감하려 한다면, 그분의 행동 안에 담긴 뜻을 짚어보아야 합니다. 그분이 우리를 화나게 하려고 고의로 그런 행동을 했을까요? 그분이 정말로 길이 막히기를 원해 그렇게 천천히 달렸을까요? 그분이 우리를 혼란스럽게 만들려고, 일부러 방향 지시등을 켠 채 달렸을까요?

공감하는 자세는 우리가 가장 긍정적인 방법으로 길 위의 느긋한 운전자를 바라보게 합니다. 이렇듯 연세 지긋한 운전자들도 우리와 다를 바 없는 한 사람일 뿐입니다. 그분들에게도 오직 자신만의 꿈과 소망이 있으며 두려움도 있습니다. 조금만 생각해보면 그분들 중 대부분은 여전히 자율적으로 자긍심을 가지고 정력적으로 안전운전을 하고 있다는 사실을 알 수 있습니다. 그분들에게 운전이란 오랜 친구를 만나고, 내 시간에 직장에 도착하며, 그리고 필요한 어떤 것을 할 수 있게 해주는 소중한 수단입니다.

공감하는 마음을 잃지 않으면, 연세 지긋한 운전자들에 대한 당신의 생각은 그분들과 당신 모두에게 이득이 되는 방향으로 변하게 됩니다. 적어도 그분들은 당신이 울려대는 경적 소리를 듣지 않고 운전할 수 있게 되겠지요. 당신은 아마 지긋한 연세에도 손수 차를 운전하고 있는 그분들의 적극성에 존경의 미소를 보낼 수 있을 테니까요. 이런 당신의 모습이 누군가에게 영향을 끼치고, 세월이 흘러 당신이 그 운전자의 입장에 섰을 때, 그 사람이 지금의 당신과 같은 시선으로 그날의 당신을 바라볼지 누가 알겠습니까.

결국, 경험을 훨씬 풍요롭게 만들어주는 것은 당신의 공감입니다. 아무리 사소한 일이라 해도 우리의 모든 행적은 세상에 흔적을 남기기 마련입니다. 그리고 때로 이 작은 흔적들이 세상을 좀 더 살 만한 곳으로 만들어줍니다.

진짜는 용감합니다

작은 헝겊토끼는 닭장 뒤 한쪽 구석에 놓인 낡은 그림책들 사이에 누워 있었습니다. 그는 너무나도 외로웠습니다.…… 모든 것들의 마지막이 이와 같다면, 누군가에게 사랑을 받고, 그러는 동안 간직했던 아름다움을 잃고, 마침내 진짜가 되는 그 모든 힘겨운 과정이 과연 무슨 의미가 있는지……, 생각이 여기에 까지 미치자 눈물이, 진짜 눈물이 헝겊토끼의 빛바랜 콧등을 타고 바닥으로 뚝뚝 떨어졌습니다.

작은 헝겊토끼가 보여주는 커다란 용기. 이것이 바로 우리가 이 동화 속에서 만나게 되는 가장 놀랍고도 감동적인 요소입니다. 이야기 곳곳에서, 그는 끊임없이 무시당하고, 버려지고, 거절당하고, 낙담합니다. 그럴 때면 그는 울음을 터뜨리기도 하고 그만 꿈을 포기할까 망설이기도 합니다. 하지만, 그는 용기를 잃지 않고 다시 일어섭니다. 그리고 그러한 순간마다 정말이지 특별한 일들이 일어납니다. 장난감 인형의 눈에서 진짜 눈물이 흘러내리는 것처럼요.

'음, 나는 이쯤해서 그만두는 게 좋겠어. 겁이 많으니까. 진정

으로 존재한다는 것이 두려움이 없다는 것과 같은 뜻이라면, 난 절대 그렇게 될 수 없겠는걸.'

지금 이렇게 생각하는 분이 있다면, 부탁드립니다. 마음을 편히 가지세요. 진정으로 존재하기 위해서는 어떤 두려움도 없이 살아가야만 한다는 말이 절대 아니니까요. 오히려 그 반대랍니다. 《헝겊토끼》에서 가장 중요한 변화의 순간에는 어김없이 눈물과 두려움과 절망이 함께합니다. 그러니 여러분도 당당해지세요. 당신 또한 다른 모든 사람들이 가진 두려움을 가졌을 뿐임을 받아들이세요.

어떤 두려움이 얼마나 있던, 우리는 자신에게 주어진 날들을 살아야 합니다. 두려움이란 마치 그 시작을 알 수 없는 소문처럼 부정하면 할수록 더 커지기 마련입니다. 자신이 두려워하는 것이 무엇인지를 분명히 알고 이를 자신의 일부로 받아들일 수 있다면, 목표를 향해 걸음을 옮겨나가기가 훨씬 수월해 집니다. 두렵다는 사실에는 변화가 없습니다. 두려울 때조차 앞으로 나아갈 수 있는 힘. 이것이 바로 진정한 용기입니다.

외톨이가 되었거나 거절을 당할 때면 인간은 누구나 심한 두려움을 느낍니다. 세상에 던져진 그 순간부터 이러한 감정에서 자유로울 수 있는 이는 아무도 없습니다.

다른 이들과 다를 때 느껴지는 두려움은 어디에서 일어난 것일까요? 우리가 흔히 접하는 책들은 그 원인이 일반의 왕국에서 살고 있기 때문이라고 말합니다. 하지만, 모든 인간은 무리에서 홀로 떨어져 나갔을 때 원초적이고도 생물학적인 공포를 느낍니다. 그러니 살아남기 위해 사회조직을 필요로 했던 초기 인류의 모습에서 이러한 현상의 해답을 찾을 수 있지 않을까요. 오직 무리 속에 있을 때만 언제 닥칠지 모를 위험으로부터 자신을 방어할 수 있고, 배불리 먹을 수 있으며, 비와 바람을 피하고, 자식을 온전히 양육할 수 있는 장소를 제공 받을 수 있었다면 어떻겠습니까. 그렇다면 다른 사람과 유대관계를 맺을 수 없게 되었을 때 두려움을 느끼는 것은 당연한 일이지요.

다행히 우리가 살아가는 현대사회에서는 자신의 생존을 전적으로 사회규범에 의지해야 하는 경우는 없습니다. 사실, 우리는 자기만의 독립적인 생활과 무리 속에서 다른 이와 어우러지는 적당한 균형의 생활을 이룬 상태를 즐깁니다. 우리는 우리의 안전과 일상의 질서를 가져다주는 법률과 규칙들을 준수해야 합니다. 그럼에도 불구하고 이와 동시에 인간관계에 있어서나, 일터에서나, 가정에서나, 정신적인 면에서나, 인생의 다른 모든 요소들에 있어서 충분히 창조력을 발휘할 수 있습니다. 우리는 정말이지 자유를 만끽할 수 있는 시대에 살고 있습니다. 다만, 실질적인 필요나 위험을 감수하려는 자발적인 결정에 의해 약간의 제한을 둘 뿐입니다.

진정으로 존재하기 위해 여러분은 어떠한 위험이든 기꺼이 감수할 준비가 되었나요? 과거를 통해 그 답을 찾아볼 수도 있습니다. 누구나 한번쯤은 어떤 운동에 흠뻑 빠져본 적이 있을 겁니다. 그때 자신의 모습이 어떠했는지 돌아보세요. 그 역동적인 움직임, 좀 더 나아지기 위한 끊임없는 도전, 아름다운 경쟁을 위해 흘린 땀방울, 이 모든 것들이 당신에게 진정으로 살아 숨 쉬고 있다는 느낌을 주지 않았나요?

처음으로 그 운동을 배울 때는 불안한 감이 없지 않았을 겁니다. 어쩌면 조금은 두려움에 떨었을지도 모르지요. 이런 생각들을 했을지도 모릅니다.

'내가 다른 사람들에게 어떻게 보일까? 사람들은 내 모습을 보며 무슨 생각을 할까? 아무래도 나는 너무 서투르고, 나이도 너무 많고, 몸도 너무 흐느적거려.'

하지만 용기를 내서 꾸준히 노력한 결과 그 운동이 오늘날 당신의 진정한 일부가 될 수 있었을 겁니다. 우리가 이런저런 이유들로 불편함을 느끼는 그 순간에도 우리가 행동할 수 있도록 도와준 그 힘이 바로 용기입니다.

진정한 자아가 되기 위해 내딛는 첫걸음이 쉽지 않다면, 이것을 기억하세요. 최고가 되기 위해 그토록 열심히 운동을 했던 것이 아니듯, 노력하는 모든 것에서 최고가 될 필요가 없다는 사실을요. 사실, 모든 일에서 빼어난 기량을 발휘해야 한다는 강박관념이야말로 이 물질문명이 전파한 가장 파괴적인 신념입니다. 우리 중 상당수는 실패에 대한 과도한 두려움에 휩싸여 있습니다. 우리는 부족함은 수치스러움과 다르지 않다고 생각합니다.

인간의 일반적인 경험 중에서 실패만큼 잘못 이해하고 있는 것도 없습니다. 날마다 새로운 것을 배우려 애쓰고 그 즐거움에 빠져 지내던 어린 시절에는 누구에게나 실수가 자연스러운 것이었습니다. 하지만 하루하루 나이를 먹고 어른이 될 수록 우리는 뭔가 잘못되어 가는 것에 대해 심한 혐오감을 나타냅니다. 그리해 실패는 어느새 고통스러운 것이 됩니다. 하물며 다른 사람들에게 들켜버린 실패는 또 얼마나 괴로운 것인지요.

이와 같이 부끄러운 감정들은 우리가 몸담고 살아가는 이 사회가 실패에 붙이는 물질적인 용어들로 한층 강화됩니다. 열심히 노력했지만 목적을 다 이루지 못한 사람들은 '실패자'나 '얼간이' 혹은 그보다 훨씬 못한 사람으로 간주되지요. 그들은 승리자의 정반대 편에 선 부끄러운 사람들일 뿐입니다. 그중 가장 심한 것은 '인생의 실패자'라는 말이 아닐까 합니다. 나는 사회가 임의로 정의 내린 성공의 조건을 충족시키지 못한 사람이 이런 말을 듣는 것을 실제로 들은 적이 있습니다. 이러한 말들은 다른 누군가가 먼저 내린 정의를 우리가 그대로 믿고 따르도록 만듭니다. 그 안에는 삶에 대한 두려움이 투영되어 있습니다. 그러니, 누군가 그런 말들을 사용하는 것을 듣게 된다면 가만히 그 사람을 들여다보세요. 그들이 내뱉는 말 속에는 자신의 한계에 대한 근심과 걱정이 녹아있기 마련이니까요. 당신도 예외는 아닙니다. 만일 당신이 누군가를 '실패자'라고 부른다면, 당신이 진정으로 표현하고자 하는 바는 자신이 '실패자'가 되면 어쩌나 하는 두려움이랍니다. 인생이란 누군가 이기고 지는 문제가 아니라 무언가를 경험하고 발견하며 그 안에서 성장해나가는 길고긴 여행이라는 사실에 눈 뜨고 나면, 일상생활 속에서 '승리자'나 '패배자'와 같은 말을 사용하는 일은 더 이상 없을 겁니다. 더욱 중요한 사실은 공포영화의 무시무시한 배경음악처럼 당신 마음속을 맴돌던 두려움 또한 어디론가 사라진다는 것입니다.

두려움을 떨쳐버리고 나면, 새로운 일들을 경험하고 새로운 인간관계를 형성해나가는 일이 가능해진다는 겁니다. 자유로워진 마음이 이 모두를 가능하게 합니다. 실패로부터 얻은 교훈 없이는 진정한 발명도 창조도 심지어 사랑도 있을 수 없다는 사실을 깨닫고 나면, 누구든 열심히 노력할 용기를 얻을 수 있습니다. 수많은 실패가 없었다면 라이트 형제가 최초의 동력비행을 성공으로 이끌 수 있었을까요. 소아마비 백신을 개발한 과학자들도 현수교를 만든 기술자들도 마찬가지입니다. 그들도 수많은 고비와 실패를 딛고 일어나 비로소 위대한 업적을 이루었습니다. 우리

중에 가슴이 찢어지는 아픔을 단 한 번도 겪지 않고 진정한 사랑을 찾은 이가 있나요? 인간관계가 끝난다는 것이 곧 실패를 의미하지는 않습니다. 오히려 이것으로 마음속 깊은 곳에 간직한 소망이 무언지를 조금씩 깨달아 가고, 또 다시 사랑을 향해 한 걸음 내딛을 용기를 얻을 수 있는 것이지요.

그동안 내가 만나고 얘기로 전해들은 진정한 모든 이들은 결코 실패를 좌절이라 부르지 않았습니다. 그들에게 실패란 단지 한 가지를 더 배울 수 있는 기회였습니다. 내가 아는 한 프로 골퍼의 경우도 그러했습니다. 그는 거의 모든 골프 선수권 대회에서 패배했지만 정작 자신을 패배자라 여기지 않았습니다. 다만 자신이 꿈꾸는 삶을 열심히 살아가고 있을 뿐이었습니다. 성공한 모든 배우, 세일즈맨, 예술가, 사업가들에게서 그와 같은 모습을 찾아볼 수 있습니다. 수많은 실패를 거치며 지금의 자리에 서기까지, 그들은 결코 걸음을 멈추지 않았습니다. 그들이 진정 소중하게 여기는 것은 결과가 아니라 과정이니까요.

도예 수업을 들으며 도자기를 만드는 과정에서 나도 이와 비슷한 경험을 할 수 있었습니다. 흥이 나서 물레를 돌렸고, 가마에 들어간 도자기가 어서 구워져 나오기를 손꼽아 기다렸습니다. 그러는 동안 나는 '앙증맞은 도자기 소품들'을 하나씩 완성했습니다. 내 손에서 태어난 컵이며 주전자, 그리고 대접들은 결코 완벽하지 않았습니다. 하지만 나는 그 그릇들을 보며 실패작이라고 생각 하지 않았습니다. 모든 그릇 속에서 내 정성이 보이는 순간 정말 행복했습니다. 그 뒤로 여러 가지 다른 것을 배우면서 내가 도예보다는 그림에 더 재능이 있다는 사실을 발견했습니다. 하지만 나는 아직도 그때 만든 앙증맞은 도자기 소품들들을 몇 개 가지고 있습니다. 그 그릇들을 보고 있노라면 그때 느꼈던 행복이 그대로 전해져오는 것 같습니다.

내가 만들었던 그 볼품없는 도자기들을 부끄러운 실패작이 아니라 내 진정한 창조적 자아의 앙증맞은 상징으로 받아들이기 위해 필요했던 것은 올바른 시각이 전부였습니다. 당신은 이것을 올바른 믿음이라고 부를지도 모르겠습니다. 내가 만든 그릇에 금전적인 가치를 두지 않았기에 이 모든 생각이 가능했을지도 모릅니다. 첫 도예 수업 때부터, 나는 너그럽고 긍정적인 마음을 잃지 않았습니다. 짧은 기간 동안 두드러진 성과를 거두기보다 훗날 이것이 성장의 밑거름이 될 수 있기를 빌었습니다. 어떤 작품을 만들더라도 자부심을 느낄 수 있으리라 믿었습니다. 나에게 도자기의 삐뚤어진 모양과, 성글게 발라진 유약과, 고르지 못한 색깔 같은 것은 절대 부끄러운 것이 아니었습니다. 자발적인 선택으로 가지게 된 시각이었던 탓에, 나는 도자기를 만드는 경험을 이렇게 받아들일 수 있었습니다.

실패는 성장을 낳습니다. 성공보다는 실패를 통해서 더 많은 것을 배울 수 있다는 이 말은 좀 진부하게 들릴지 모르나 분명한 진실입니다. 위대한 업적은 대부분 예외 없이 좌절의 토대 위에서 이루어 졌습니다. 우리를 성공으로 이끈 것 또한 무언가 부족했던 경험이 아니었는지요.

새로운 믿음은 강력합니다. 긍정적인 믿음이 있다면, 실패를 한다 해도 결코 치욕스럽지 않답니다. 실패의 위험이 있다고 하더라도 다만 최선을 다하는 것에 가치를 두면 그것만으로도 충분히 존경받을 만합니다. 혹여 목표에 도달하지 못한다 해도 당신은 진정 많은 것을 얻을 것입니다.

경험에는 용기가 필요합니다. 내가 강의 하는 대학 수업의 학생들을 만날 때마다 나는 용기가 무엇인지 새삼 느낍니다. 그 대학은 어른들에게 교육의 기회를 다시 제공하고자 설립한 학교였습니다. 그래서 학생의 대부분은 서른을 넘긴 성인들이었습니다. 한마디로 높은 수준의 교육을 받아보지 못한 이들이었지요. 대학에는 소규모 세미나 수업이 다양하게 개설되어 있었습니다. 그리고 각각의 그룹에는 지도 교수가 배치되어 학생들과 함께 문제를 풀어갔습니다.

학생들 중에는 심지어 졸업을 하고 몇 십 년 만에 다시 학교를 찾은 경우도 있었습니다. 때문에 처음에는 대부분의 학생들이 초조해하고 자기 회의에 빠져 있었으며 약간은 두려워하기도 했습니다. 학교생활에 잘 적응하지 못해 학업을 중단했던 학생들이라면, 학교를 다시 찾기까지 큰 용기가 필요했을 겁니다. 게다가 이들이 학교를 다시 찾은 목적은 단순히 졸업장을 따기 위해서인 경우가 많았습니다. 나는 세미나에 참여하는 학생들의 생각에 작은 변화를 꾀했습니다. 그들이 자신에 대한 믿음을 가지고 자신을 발전시키기 위해 학교에 오기를 소망하면서 말입니다. 그러자 놀라운 일이 일어났습니다. 그들은 어느새 학교에서 경험하는 일들 자체에 온전히 빠져들기 시작했습니다. 물론 다른 세미나를 진행한 교수들은 나와 다른 생각을 가지고 있었을지 모릅니다. 하지만 나는 적어도, 나와 함께 한 학생들은 진정한 존재로 거듭나는 기나긴 여정에 첫 걸음을 내딛었다고 믿었습니다.

진짜가 되기를 두려워하면 우리는 고립됩니다. 진짜는 사람들은 다른 이들과 끈끈한 유대관계를 유지합니다. 다른 사람의 기대를 만족시키기 위해 꾸며진 이미지가 아니라, 우리의 가족과 친구들과 소중한 것들을 당당하게 드러낼 때만이 진정한 자신의 모습에 기반을 둔 인간관계를 만들어 나갈 수 있습니다. 그리고 근사하게 보여야 한다는 부담을 떨쳐버릴 때, 다른 이들에게 보다 더 집중할 수 있는 힘을 가질 수 있답니다.

물론 당신의 진정한 모습을 받아들이기가 힘겨울 수 있는 사람도 있습니다. 어떤 부탁이든 잘 들어주는 당신 덕분에 득을 보던 사람이라면 더욱 그러할 겁니다. 예를 들어, 당신이 자신을 위해 더 많은 시간을 할애하기 시작한다고 하면, 당신의 배우자는 홀로 남겨졌다고 느낄지도 모르지요. 혹은 당신이 직장에서 묵묵히 야근하던 것을 중단했다고 하면, 당신의 상사는 불평 없이 일 잘하던 부하직원 하나를 잃었다고 느끼겠지요.

이런 상황이라면, 약간의 외교적 수완과 절충의 재능이 많은 도움이 될 수 있습니다. 남편의 눈앞에서 이 책을 흔들어 보이며 이렇게 말하지는 마세요. "지금부터 진정한 자아를 찾아 나설 참이니까, 행여 나를 막을 생각은 하지 말아줘!"

대신에, 조금씩 변화를 줄 수 있는 방법을 찾아보세요. 사랑하는 이나 생계가 달린 직업을 포기해서는 안 됩니다. 필요한 경우엔, 당신이 지금 무엇을 하고 있는지에 대해서 설명을 하세요. 물론 상대방의 마음을 다치지 않게 조심하면서요. 이런 점들을 얘기하면 도움이 될 겁니다.

"나는 지금 그동안 못보고 지나친 나의 또 다른 면을 다시 발견하고 있어."

"내 자신에 대해 좀 더 좋은 느낌을 가질 수 있도록 만들어주는 새로운 일들을 시도해보는 중이야."

"그동안 나를 괴롭히던 생각들을 떨쳐버리려 노력 중이야."

"나에 대해 좀 더 많은 것을 알게 된다면, 내가 좀 더 좋은 친구·파트너·배우자·직장인·부모가 될 수 있을 거라 생각해."

진짜가 되는 과정은 당신의 인생 속에 고요한 혁명을 일으킬 수 있습니다. 엄청난 전쟁이 아닙니다. 당신을 사랑하는 사람들에게, 당신은 전보다 훨씬 매력적이고 재미있으며 마음을 끄는 힘을 지닌 사람으로 인식될 겁니다. 누구나 진정한 모습에 이끌리기 마련이니까요. 결국, 당신에게 생겨날 변화들은 다른 사람들의 감탄과 호기심을 자아냅니다. 누군가 도대체 무슨 일이 있었느냐고 묻거든, 그동안 당신을 옭아매던 근심과 두려움을 벗어던지고, 당신을 진정한 자신으로 만들어줄 인생을 찾아 나섰다고 당당히 말하세요. 결과는 당신의 상상을 초월할 만큼 근사할 겁니다.

《헝겊토끼》에서 그랬듯이…….

그러자 정말 이상한 일이 일어났습니다. 눈물이 떨어졌던 바로 그 자리에 한 떨기 꽃봉오리가 수줍게 자라난 것입니다.…… 그 모양이 얼마나 아름다웠던지 헝겊토끼는 도무지 눈을 떼지 못했습니다. 자신이 울고 있었다는 사실조차 잊었을 정도였지요. 얼마나 지났을까, 마침내 꽃봉오리가 꼭 다물고 있던 입을 열고 활짝 피어났습니다. 그리고 그 안에서 꽃보다 작은 요정이 가만히 걸어 나왔습니다.

진짜는 정직합니다

기계로 작동하는 장난감들은 거만하기 이를 데 없었습니다.…… 뿐만 아니라, 자기들이 진짜라도 되는 듯이 굴었답니다.…… 나무 사자 티모시조차 거만하기 이를 데 없었습니다. 게다가 자기가 정부 중요 인사와 끈이라도 닿는 것처럼 굴기까지 했답니다.

《헝겊토끼》 속의 다양한 인물들 중에서 정직하며 진정으로 존재하는 이는 오직 빼빼마른 말 뿐입니다. 그는 결코 자신을 가장하지 않습니다. 그는 작은 헝겊토끼의 호기심을 자극합니다. 그리고 헝겊토끼가 질문을 던지면, 언제나 다정하고 세심하게 사려 깊은 대답을 해 줍니다. 만일 그렇지 않았다면, 우리의 작은 토끼는 진짜가 되기 위해서는 꼭 알아야만 하는 모든 것들을 결코 배울 수 없었을 겁니다.

빼빼마른 말의 정직함은 그가 자신을 생각하는 방법에서 시작된 것입니다. 그는 몸 여기저기에 작은 금이 가고 얼굴에는 흉터도 있었지만, 이런 것들을 대수롭지 않게 여겼습니다. 오히려 그는 이러한 불완전함이 세상에서 자신을 하나뿐인 존재로 만들어준다고 확신했습니다. 놀이방에 새로 들어온 자동 장난감들과 비교하면 푸대접을 받고 있는 것이 사실이지만 자신의 부족한 부분이 다른 이를 행복하게 할 수 있다면 그것으로 족하다고 생각했지요.

자신을 정확히 바라볼 수 있는 눈을 갖는 능력이야말로 진정한 정직함에 있어 가장 중요한 요소입니다. 솔직한 눈으로 자신을 바라보는 것은 쉽지 않습니다. 사실, 우리들 대부분은 우리 자신에 대해 알 수 있는 기회들을 일부러 피하고 있는지도 모릅니다. 자신이 마주하게 될 자신의 모습을 두려워하고 있기 때문일 것입니다.

이러한 두려움은 완벽해야 한다는 믿음에서 나옵니다. 하지만 우리는 인간이기에 결코 완벽할 수 없다는 사실을 알고 있습니다. 마음속 깊은 곳에 꼭꼭 감추어두기만 했던 이러한 생각을 받아들일 수 있다면, 그리하여 완벽하기란 불가능하다는 사실을 인정할 수 있다면, 오래된 장막을 걷어버리고 자신의 온전한 모습을 바라볼 수 있게 되지 않을까요? 다음의 사실들을 한번 곰곰이 생각해보세요.

완벽함은 변덕스럽습니다. 우리가 완벽하다고 일컫는 사람의 몸이나 예술 작품을 한번 떠올려 보세요. 하지만 그 기준은 세월에 따라 변합니다. 1950년대를 풍미했던 완벽한 외모의 여성이 오늘 거리를 활보한다면, 여전히 사람들이 그녀에게 찬사를 보낼까요?

완벽함은 따분합니다. 어디 한 군데 흠잡을 구석이 없는 물건이 있습니다. 하지만 아무리 아름다운 다이아몬드라 해도 얼마나 오랫동안 우리의 시선을 사로잡을 수 있을까요? 하나의 완벽한 다이아몬드가 그와 똑같은 크기와 모양과 투명도를 가진 다른 다이아몬드와 다른 점이 무얼까요? 더 이상 그 안에서 매력을 찾을 수 있을까요?

인간의 완벽함이란 결국 불가능한 일입니다. 단점이라고는 하나도 없는 영웅의 이름을 알고 계신가요? 완벽한 인간이 존재하기에, 인생이란 너무나도 다양한 모습을 하고 수많은 난관을 품은 채로 우리를 기다리고 있지 않은지요.

많은 사람이 '완전히 엉망이 되어버린' 자신을 치료하기 위해 나를 찾아옵니다. 사실은 그렇지 않은데도요. 이는 자신의 내면을 진지하게 들여다보면 누구나 알 수 있습니다. 하지만 우리의 관심은 온통 표면적인 모습에 집중되어 있습니다.

진정한 당신 안에는 분명 좋은 점들이 많습니다. 정직하다면, 이런 긍정적인 점들을 쉽게 알아볼 수 있지요. 당신은 아마도 친절하고 참을성이 있으며 사려 깊고 호기심이 많을 겁니다. 다른 사람을 가르치거나 건물을 짓거나 아이를 기르는 데 재능이 있을지도 모르지요. 가능성은 무한합니다. 당신이 수많은 가능성 앞에 마음을 열면, 분명 당신을 뿌듯하고 행복하게 만들어줄 수많은 것들을 가질 수 있습니다. 그것들을 종이에 적어서 잘 보관했다가 자신에 대한 확신이 서지 않을 때마다 꺼내서 보세요. 전혀 어려운 일이 아니랍니다. 그러니 어서 한번 시도해보세요.

감탄 목록

종이와 연필을 준비해 조용한 장소에 앉으세요. 종이 한가운데 선을 하나 그어서 두 부분으로 나누세요. 종이 왼쪽에다는 당신이 존경하는 사람의 이름들을 적으세요. 그리고 오른쪽에는 그들을 존경하는 이유를 적으세요. 당신은 아마도 그들이 지닌 특별한 재능과 장점과 힘과 가치들을 써내려갈 겁니다.

일단 목록이 완성되면, 미리 그어둔 선을 중심으로 종이를 반으로 접으세요. 그리고 장점들이 적힌 면을 앞으로 두세요. 이것을 오랫동안 바라보세요. 그리고 주의 깊게 읽어 보세요. 당신이 존경하는 다른 이의 장점들은 사실 당신의 일부이기도 하답니다. 물론 닮으려 애쓰는 점도 있을 것이고, 여간해서는 닮을 수 없어 부끄러움을 느끼고 있는 점도 있을 겁니다. 이제 선택을 할 시간입니다. 당신은 자신이 존경하는 사람처럼 살고 있나요? 당신은 더 나은 내일을 위해 진정으로 변화하고 있나요? 나는 상담을 위해 나를 찾은 사람들에게 느끼고, 제대로 바라보고, 고치라고 말합니다. 결정은 온전히 당신의 몫입니다.

확신이 들지 않나요? 그러면 좀 더 위험을 감수해야지요. 곁에 연인이나 친한 친구가 있다면, 한번 물어보세요. 처음 만난 날, 당신의 어떤 점이 가장 매력적이었는지를요. 물론, 첫인상을 물어보는 것도 좋습니다. 그들이 털어놓는 당신의 참 모습과 좋은 점들을 있는 그대로 받아들이세요. 그런 점들은 영원히 사라지지 않습니다.

　당신만의 은밀한 과정에 다른 이를 끌어들이고 싶지 않다면, 자신을 가장 자랑스럽게 느꼈을 때나 가장 부끄럽게 느꼈던 시간을 떠올려 보세요. 이런 순간들 속에 진정한 당신을 만날 수 있는 열쇠가 숨겨져 있으니까요. 학창 시절로 잠시 돌아가 볼까요. 선생님께서 당신이 흥미를 느끼고 있던 주제에 대한 질문을 많은 학생들에게 던졌을 때 오직 당신만이 멋들어지게 질문의 대답을 했던 적은 없었나요? 만일 그런 적이 있었다면, 그날에 느꼈던 자부심으로 지금 당신의 가슴이 뿌듯할 겁니다. 당신은 진정한 자신을 찾기 위해, 난해한 주제를 탐구하던 그때로 돌아가야 할지도 모릅니다. 당신의 지적인 재능이 보다 온전히, 훨씬 더 자주 존경받던 그 상황으로요.

　기억을 되살리기 위해 옛 친구와 함께 추억을 더듬어보거나 오래된 성적표, 혹은 졸업 앨범을 꺼내보는 것도 좋습니다. 인생을 살아오면서 관심을 가졌던 일과, 마침내 이룬 일들과, 사랑했던 사람들을 알려주는 것이라면, 무엇이든 찾아보세요. 그 모든 것들이 당신의 긍정적인 부분들을 소리 없이 말해줄 테니까요.

당신은 어쩌면 자신이 이룬 훌륭한 일들이나 좋은 자질들을 드러내지 말라고 배운 적도 있겠죠. 나 역시 지금 당신이 얼마나 대단한지 주변의 모든 이들에게 떠벌이라는 얘기를 하고 있는 건 아닙니다. 다만 진짜가 되기 위해서는 당신의 재능을 받아들이고 이와 함께 살아가야만 한다는 것입니다. 이러다 자신을 방어하기 위해 둘러싼 담이 허물어져 버리고, 다른 사람들에 비해 두드러져 보이면 어쩌나 하는 두려움도 정직하게 떨쳐버리세요. 그리고 당신이 얼마나 선하고 가치 있는 사람인가를 기억하세요.

이제, 자신에게 진정으로 정직한 존재가 된다는 것의 또 다른 면에 대해 말씀드릴까 합니다. 벌써 눈치 챈 분이 있을는지도 모르겠네요. 예, 나는 지금 우리가 미처 알지 못했던 우리의 모습까지도 받아들이고 온전히 감싸 안는 것에 대한 얘기를 하려고 합니다.

누구나 부정하고 싶은 자신의 모습이 있기 마련이고, 나도 그런 모습들 앞에서 온전히 정직하기란 결코 쉽지 않음을 잘 알고 있습니다. 하지만 완벽함은 물질문명 속에 깊게 뿌리내린 커다란 거짓말 중 하나일 뿐이라는 사실을 기억하세요. 완벽한 사람은 아무도 없습니다.

아이들이 어릴 때, 나는 초코칩을 넣은 과자를 함께 구우면서 완벽할 필요가 없다는 사실을 가르쳤습니다. 요리책을 보면서 순서대로 잘 따라했지만, 우리가 만든 과자는 크기도 모양도 제각각이었습니다. 그러다가 문득 가게에서 파는 과자는 왜 모두 같은 모양이며 완벽할 만큼 둥근 모양을 한 과자마다 어떻게 그렇게 반듯한 모양의 초코칩이 똑같은 개수로 박혀있는지 궁금했습니다. 물론 이유는 한 가지, 과자가 기계로 만들어졌기 때문입니다. 하지만 집에서 만든 과자는 만든 이의 정성과 사랑이 담겨 있습니다. 그러니 모양이 좀 삐뚤고 초코칩의 개수가 좀 다르다 한들 어떻겠습니까. 집에서 만든 과자를 먹을 때 더 행복한 것은 하나하나 정성껏 만든 이의 마음을 느낄 수 있기 때문이 아닐까요. 과자의 불완전함은 그저 또 다른 경험이 될 뿐인 것을요.

불완전함이란 집에서 만든 과자와 같은 것이라는 사실을 받아들이면, 자신의 부족한 부분을 온전히 바라보기가 훨씬 더 쉬워집니다. 그러면 우리가 느끼던 부끄러움이 점점 줄어들다 마침내 사라집니다. 당신이 바라는 것이 '완벽함'이 아니라 '진정함'이라면, 불완전함은 더 이상 부끄러운 것이 아닙니다.

나 또한 정직함으로 부끄러움을 떨쳐버릴 수 있었습니다. 내 경험에 비추어 두 가지 예를 들어볼까 합니다.

10대 시절, 나는 아주 냉소적이고 부정적인 농담 던지기를 즐겼습니다. 이는 사실, 내 자신의 불안감을 감추기 위한 것이었습니다. 내 자신에 대해 좀 더 정직하기로 마음먹자, 때로 내가 던진 농담으로 내 주변의 사람들이 상처를 받는다는 사실을 깨달을 수 있었습니다. 진정한 존재가 되려는 마음가짐이 내 행동을 돌아보게 했고, 나를 변화시켰습니다.

물론 쉬운 일은 아니었습니다. 내 말로 상처받았을 사람들을 생각하니 몹시도 부끄러웠고 마음이 복잡했습니다. 그리고 그런 사람들 곁에 있기가 너무나도 어색하고 불편했습니다. 하지만 진정으로 존재하기 위해서는, 내가 저지른 실수가 지극히 인간적인 것이기 때문에 용서받을 수 있다는 사실입니다. 그러자, 내 안에서 꿈틀대는 냉소적인 마음을 농담이 아닌 다른 방식으로 표출할 수 있음을 알게 되더군요. 그 자리를 잠시 떠나있다거나, 마음을 가라앉힐 시간을 갖는 방법으로, 내 감정을 좀 더 생산적이고 예의바르게 표현할 수 있었습니다.

내 표현 때문에 사람들이 힘들어 할 수 있다는 사실을 깨닫고, 또 하나의 효과적인 방법을 사용했습니다. 사과하는 것이었지요. 누군가 나 때문에 마음을 다쳤을 때마다, 잘못을 인정하고 진심으로 사과했습니다. 이 방법은 분명 큰 효과를 발휘했습니다. 진심어린 사과로 내가 상처를 준 그 사람과 나 사이에는 오히려 더 끈끈한 유대감이 생겼으니까요. 자신의 실수나 부족한 부분에 솔직할 수 있을 때 이러한 일이 일어난답니다. 마음에서 우러난 사과는 언제나 마음으로 받아들이는 용서와 친밀함이 따릅니다.

역설적이기는 하지만, 이는 분명 사실입니다. 부족하지만 진정한 모습을 잃지 않는다면 다른 사람들이 훨씬 더 가깝게 느껴지며, 자신에 대해서도 훨씬 좋은 느낌을 갖게 됩니다. 사실 나는 다른 이들에게 잘못했다는 사실을 발견할 때마다 작은 희망을 느낍니다. 그 문제를 다시 한 번 꼼꼼히 살펴보고 책임 질 수 있기에 마음이 놓이는 것입니다.

이제, 가벼운 얘기를 좀 해볼까요. 나의 불완전한 자아에 관해 살짝 말씀드리자면, 나는 걱정을 짊어지고 사는 사람입니다. 나는 자동차나 비행기 사고를 걱정하고 불이 날까 조바심을 내며, 일산화탄소 중독을 두려워합니다. 한마디로 뭐든지 걱정하는 것이지요. 그리고 아무리 좋은 뜻에서 출발했더라도 내 근심들은 때로 아주 성가십니다.

오랫동안 나는 이러한 안전 염려증이 모두 타당한 근거가 있다고 주장했습니다. 뿐만 아니라 다른 사람들, 특히 내 아이들이나 남편에게도 이를 진지하게 여겨 줄 것을 강요했지요.

어느 날, 내 자신의 이상스런 집착을 정직한 눈으로 바라보자 내가 종종 상황을 극단적으로 몰아가고 있음을 깨달았습니다. 정말 다행스런 일이었습니다. 내가 안전 염려증이 있음을 인정하니, 식구들의 마음도 훨씬 편해지는 것 같았습니다. 가족들은 전보다 훨씬 더 인내심을 가지고 나를 지켜보았고 심지어 내게 앙증맞은 별명을 붙여주기도 했습니다. 그리고 내가 쓸데없는 조바심을 낼 때마다, 모두 그 별명을 다정하게 불러주곤 했답니다.

이처럼 걱정을 짊어지고 살았던 경험은 내게 말합니다. 진정으로 존재하고, 자신의 부족한 점을 있는 그대로 받아들이고, 이를 보듬어 안을 수 있어야, 다른 사람도 그럴 수 있다고……. 한 때 나를 그저 잔소리 대장으로 여기던 남편과 아이들도 이제는 내 모든 걱정과 근심이 그들에 대한 사랑의 또 다른 표현이었음을 이해합니다. 우리가 자신에 대해 정직할 때만이 이런 일들이 가능할 수 있답니다. 당신도 누군가를 진정으로 이해하게 되었을 때, 비로소 한걸음 더 다가가고 싶지 않던가요?

자신의 모습에 솔직하고 이를 있는 그대로 받아들이는 방법을 알게 되면, 우리는 다른 사람들의 반응에도 보다 솔직해질 수 있습니다. 단순히 판단을 뒤로 미루거나 무조건 비판적이 된다는 것이 아닙니다. 진정한 시선으로 인간 본성을 바라볼 수 있게 된다는 것이지요. 그러면 다른 이의 실수를 보아 넘기거나 심지어 너그럽게 용서할 수도 있답니다. 뿐만 아니라 일상 속에서 마주치는 성가시고 괴로운 일들에서 자유로워질 수 있습니다.

마저리 윌리엄스는 이 모든 자질을 빼빼마른 말이라는 인물 속에 투영했습니다. 그는 놀이방에서 가장 행복하고 현명한 인형이었습니다. 그는 윤기가 흐르던 털도 모두가 탐을 내던 근사한 꼬리도 이제는 모두가 그 빛을 잃고 말았음을, 그래서 지금 자신이 초라하기 그지없는 모습을 하고 있다는 사실을 알고 있었습니다. 하지만 그에게는 맑고 정직한 눈이 있었습니다. 지금은 흠잡을 곳 하나 없는 인형들도 언젠가는 고장이 나고 보기 흉하게 변하리라는 사실을 꿰뚫고 있었습니다. 분명히 존재하는 사실을 감추고 부정한다고 해서 얻는 것은 없었습니다. 있는 그대로를 솔직하게 받아들이고 온전히 감싸 안자, 그에게 진정한 행복과 마음의 평화가 깃들 수 있었던 겁니다.

그는 현명했습니다. 그토록 자랑을 늘어놓고 오만하기 이를 데 없던 자동 장난감들도 중요한 부속품이 하나씩 고장 나면 이내 버려지고 마는 것을 수 없이 보아왔기에, 그는 알고 있었습니다. 그들은 단지 장난감에 지나지 않으며 다른 무엇으로도 변할 수 없다는 사실을 알고 있었습니다.

진짜는 너그럽습니다

그러던 어느 날 소년이 시름시름 앓기 시작했습니다. 열에 들뜬 소년의 얼굴은 붉게 변해갔고 자는 동안 알 수 없는 소리를 중얼거리기도 했습니다. 소년의 작은 몸은 너무나도 뜨거워서 그 품에 꼭 안겨 있는 작은 헝겊토끼의 몸까지 타는 듯이 뜨거웠습니다. 소년의 방에는 낯선 사람들이 분주히 오고 갔으며, 늘 대낮처럼 등불이 밝혀져 있었습니다. 혹시라도 사람들 눈에 띄어 다른 곳으로 보내질까 두려운 나머지 작은 헝겊토끼는 소년의 잠옷 속에 몸을 감추고는 꼼작도 하지 않았습니다. 지금 소년에게는 자신이 꼭 필요하다는 사실을 잘 알고 있었기 때문입니다.

스스로 알아차리거나 누군가 그렇다고 말해주기 오래전부터 헝겊토끼는 진정한 존재로서의 모습을 보입니다. 이 책을 통틀어 가장 심각한 위기라 할 수 있는 소년이 큰 병을 앓는 동안 우리는 이를 느낄 수 있습니다. 소년의 열로 자신의 몸이 타는 듯이 뜨거운 상황에서도 헝겊토끼는 오직 소년만을 걱정합니다. 그는 그렇게 자신을 아낌없이 줍니다. 토끼의 따뜻한 마음은 자신의 역할이 얼마나 중요한지 스스로에게 말합니다.

이는 곱게 포장한 선물을 건네는 것과 같은 종류의 너그러움이 아닙니다. 다만 자신에게 깃든 온정과 격려를 온 마음을 다해 표현하는 것입니다. 우리가 가장 편리한 때가 아니라, 누군가 우리를 가장 필요로 하는 순간에 도움의 손길을 내미는 것입니다. 또한 진정한 자아로 거듭나기 위해 그토록 애쓰는 그들에게 큰 힘이 되어줄 수 있습니다.

이것을 가능하게 하는 두 가지 방법이 있습니다. 우선, 목표를 이루기 위해 열심히 노력하는 이들이 당신에게 꿈과 소망을 털어놓을 때, 도움을 줄 수 있는 길을 찾아보는 겁니다. 물론 말만 앞서서는 안 되겠지요. 만일 누군가 대학에 가고 싶다는 얘기를 했다고 합시다. 그러면 당신은 그 사람에게 당신이 알고 있는 정보를 나누어줄 수 있습니다. 좀 더 많은 정보를 얻기 위해 함께 도서관에 가볼 수도 있겠지요. 이것이 바로 당신이 사랑하는 이에게 선물할 수 있는 진정한 너그러움이랍니다.

우리는 다른 이들이 계속 꿈을 향해 정진할 수 있도록 그들을 격려할 수도 있습니다. 이것이 바로 두 번째 방법이고, 보다 보편적입니다. 저마다 필요한 것과 그 능력이 다른 이들을 자비와 인내의 마음으로 대하다 보면 우리가 살아가는 이 세상이 조금씩 더 나은 모습으로 변해가지 않을까요?

너그러움을 베풀기란 절대 쉬운 일이 아닙니다. 모든 사람의 요구가 충족되기 힘든, 녹녹치 않은 이 세상을 살아가야 하기에 더욱 그렇습니다. 그런 세상에서 살아남아야 하는 두려움에 불안 감까지 더해지게 되면, 물질문명의 기본 명제 중 하나를 받아들이는 것이 오히려 자연스러운 일이 됩니다. 경쟁이란 현대 생활에 있어 필수불가결한 요소입니다. 사실, 경쟁의 가치가 너무나도 널리 받아들여지고 있어 이를 더욱 부추기기 위한 슬로건을 모르는 이가 없을 지경인 것을요.

경쟁은 최선의 결과를 낳습니다. 이 말에 의하면, 치열한 경쟁이야말로 가치 있는 작품과 성과와 사람을 구별해내기 위한 유일한 방법인 것만 같습니다. 이 개념을 철석같이 믿는 사람은 이를 교육과 예술, 연애와 일, 그리고 종교에 이르는 모든 분야에 적용시킵니다. 그러다 보면 결국에는 물질문명에 널리 퍼진 또 하나의 신념에 도달하게 될 것입니다. 바로 다음과 같은 믿음입니다.

누군가는 항상 승리하고 누군가는 항상 지기 마련입니다. 만일 이러한 생각을 믿는다면 당신은 누군가를 만날 때마다 혹시나 자신이 패배자가 되지는 않을까 하는 걱정에 사로잡히고, 보다 유리한 위치를 차지하기 위한 방법을 찾으려 고심하게 될 겁니다. 당신이 이러한 접근 방법을 가지게 된 까닭은 이미 다음의 명제를 마음속으로 받아들였기 때문입니다.

승리가 전부입니다. 물질이 지배하는 세상 속에서 당신의 가치를 확고히 하고 존경을 받으며 다른 이들의 지지를 거머쥐기 위한 유일한 방법은 승리뿐입니다. 이는 한 인간으로서의 당신의 가치가 돈이나 능력, 혹은 집에 딸린 화장실 개수로 가늠될 수 있다는 뜻이기도 합니다.

위와 같은 말들 속에는 삶에 소용되는 것들을 얻기 위해 서로가 끊임없이 경쟁을 벌여야 하는 이 사회의 모습이 고스란히 담겨 있습니다. 물론 그 안에 너그러움이 자리할 공간은 없습니다. 모두가 잠재적인 나의 경쟁자들이어서, 그들에게 친절을 베푸는 것은 더없이 어리석은 짓으로 간주되는 것이지요.

196

불행하게도, 우리가 경험하는 대부분의 것들이 위의 관점에 힘을 보탭니다. 우리의 직업은 예전만큼 안정되지 못합니다. 결혼하는 사람 중 절반이 이혼을 경험합니다. 그리고 이전 세대에 비해 우리는 훨씬 더 자주 삶의 터전을 옮깁니다. 그 때문에 야기되는 모든 고립감과 불확실함 속에서 많은 이들이 두려움을 느끼는 것은 어쩌면 당연합니다. 그러니 너그럽기란 또 얼마나 어려운 일인지요.

우리가 살아가는 현대사회는 모든 면에서 풍족합니다. 경쟁을 일삼는 모든 이들이 무시하고 지나쳐버리지만, 이 지구라는 별에는 살아 숨 쉬는 모든 사람들이 함께 나눠도 충분한 사랑과 부와 안락함과 도움의 손길도 분명 존재합니다. 그러니 너그러움에 대한 두려움을 이제 그만 떨쳐버리세요. 우리가 가진 것을 나누면, 이 세상에 귀하고 긍정적인 것이 하나 더 보태집니다.

인간은 사회적인 존재로 살아가는 동안 인간은 너그러움이 가진 마술과도 같은 힘을 이해할 수 있었습니다. 그도 그럴 것이, 초기 형태의 사회는 '상호작용'이라는 형태의 너그러움을 기초로 형성되었으니까요.

너그러움의 가장 근본적이며 기초적인 형태로서, 상호작용은 단순한 교환을 의미했습니다. 내가 당신 저녁 식탁에 올라갈 영양 사냥을 도왔다고 합시다. 그러면 당신은 내가 그 영양을 요리하는 것을 도울 겁니다. 요즘 시대로 말하자면, 내가 당신 집 앞의 눈을 쓸어내 길을 내는 것을 도와주었다면, 다음 번 폭설에는 당신이 나를 도와 길을 만들어준다는 것이지요. 무리를 지어 살기 시작하면서 인간은 이런 종류의 교환을 거듭해왔습니다.

진정한 너그러움에서 비롯된 상호작용은 이것이 즉각적인 호의가 되어 내게 되돌아올지 아닐지를 미리 계산하지 않습니다. 훗날 내게 돌아올 보상을 염두에 두지 않고 이루어진다는 것입니다. 그러니 훨씬 높은 수준의 상호작용이라 할 수 있지요. 우리는 여러 이유로 우리가 가진 것을 나눕니다. 단지 그렇게 할 수 있기 때문에, 그것이 기분을 좋게 만들어주기 때문에, 두터운 신뢰를 쌓을 수 있기 때문에 우리는 능력에 따라 너그러움을 베풉니다.

상호작용은 어떤 경우든 효과를 발휘합니다. 예를 들어볼까요. 직장에 신입사원이 들어왔는데, 당신에게 이들의 업무 교육이 주어졌다고 합시다. 사장은 당신이 당연히 그 일을 계속 해줄 거라 생각합니다. 시간외수당을 주지도 않으면서요. 그래서 당신이 잔뜩 찌푸린 얼굴을 하고 마지못해 이 일을 시작한다면, 회사에서 당신의 입장이 난처해질 것은 불을 보듯 뻔합니다. 하지만 당신이 마음을 열고 너그럽게 일을 해나간다면, 적어도 몇 년 간은 당신 편에 서줄 든든한 지원군을 한 사람 얻게 될 수도 있습니다. 그 신입사원이 당신보다 더 빨리 승진해 당신의 상관이 돼서는 몇 주 동안 당신이 베푼 것에 비할 수 없는 큰 도움을 줄지 누가 압니까.

다른 이야기로 넘어가기 전에 덧붙이고 싶은 말이 있습니다. 결과적으로는 너그러움이 승리한다는 겁니다. 물론 일부 기업전문가들은 여전히 탐욕과 이기주의를 옹호하지만, 대부분의 전문가들은 이제 팀워크와 훌륭한 조언자와 서로에게 유리한 접근 방법이 장기적으로는 더 큰 효과를 발휘한다는 데 입을 모읍니다. 직장동료들 사이에서는 이러한 가치가 빛을 발하기 마련입니다. 창의력과 생산력 그리고 의사소통이 원활해져 회사가 활기를 띄게 됩니다. 이러한 정신이 시장에까지 확대되면 소비자들이 그토록 바라던 고품질의 공정한 서비스가 제공되겠지요.

연습을 하면 너그러움도 습관이 될 수 있답니다. 진정한 존재로 살아가는 사람은 어떠한 상황에서도 너그러움을 잃지 않습니다. 내 고객 중 한 분이 그 훌륭한 예가 될 수 있습니다. 이혼과 함께 금전적인 어려움이 닥쳤지만, 헬렌은 자신의 세 아이들을 따스한 사랑으로 보듬어 안았습니다. 그리고 자신을 희생해 안락한 환경을 만들고 아이들이 훌륭한 교육을 받을 수 있도록 했지요.

하지만 내가 보기에는, 헬렌이 한 일 중에서 가장 너그러운 행동은 동물들을 돌보는 데 헌신한 것이었습니다. 내가 그녀를 알게 된 무렵, 헬렌은 눈이 먼 개 한 마리를 입양했고, 아주 나이가 많은 데다 부상을 당한 거북이들을 치료했으며, 버려진 고양이들을 돌봤습니다. 그러나 헬렌은 동물들을 건사하는 데 들어가는 시간과 돈을 희생이라 여기지 않았습니다. 가여운 동물들을 돌보는 동안 헬렌은 행복을 느꼈고, 그 마음이 그녀의 일상을 따스하게 만들어주었기 때문이었지요.

현명하고 판단력이 뛰어났기에, 그녀는 결코 자신의 능력을 벗어나지 않는 범위에서 동물들을 돌봤습니다. 건사할 수도 없을 만큼의 동물을 데려다 제대로 돌보지도 못하고 결국에는 모든 동물을 버리고 마는 사람들 중 하나가 되지 않기 위해서였지요. 그녀도 자신이 때로 지나친 사랑을 쏟는다는 사실을 알고 있었습니다. 사람의 경우라면, 그 선을 긋기가 더 힘들겠지요. 하지만 너그러움으로 자신을 돌볼 수 없게 되기 전에 멈출 줄도 알아야 한답니다.

이는 물고기를 줄 것이냐 물고기 잡는 법을 가르칠 것이냐 하는 오래된 이야기와 다르지 않습니다. 진정으로 누군가를 돕고자 한다면, 물고기를 주는 것보다 물고기 잡는 법을 가르쳐주는 편이 훨씬 낫습니다. 너그러움이 언제나 다른 이를 더 강하고 능력 있고 스스로 설 수 있도록 하는 것이라면, 우리의 도움이 다른 이에게 상처가 되는 일은 없을 겁니다. 그러니 머릿속에서만 상상하지 말고, 직접 도움의 손길을 내밀어 보세요. 당신의 가슴 속에는 이미 그 사람이 무엇을 필요로하며 언제 필요한지를 헤아릴 수 있는 넉넉한 마음이 깃들어 있으니까요.

상대방의 입장에서 진정으로 필요한 도움을 줄 수 있다면 얼마나 기분이 좋을까요. 한 여성이 상담 치료를 마치고 내 사무실을 나가면서 이런 말을 건넸습니다. 그 순간 나는 얼마나 행복했는지 모릅니다.

"당신은 나를 찾게 해주었어요. 이제는 행복하지 않을 때 행복한 척 하지 않을 거예요. 오늘은 기분이 좋지 않다고 말하기만 하면 된다는 것을 배웠으니까요. 물론 사람들이 우울한 나를 받아주고 이해해준다면 좋겠지요. 하지만 그럴 만한 상황이 아니라면, 다음에 만나면 되는 거잖아요. 그러면 사람들도 내가 그들을 만나기 싫어서 피하는 게 아니라는 사실을 이해해주겠지요."

그녀는 너그러움이 어떻게 다양해지고 성장하는지 몸소 보여주었습니다. 너그러움은 우리 내면에 깃든 진정한 자아와 정신과 영혼을 표현하는 것이라 할 수 있습니다. 물질문명이 가치 있게 여기는 것들에 대해 정면으로 거스르는 가장 확실한 방법은 바로 많은 이들과 진정한 관계를 맺고 지속적으로 유지해나가는 일이랍니다.

진짜는 감사할 줄 압니다

"낡아빠진 토끼 인형 하나 때문에 이 야단법석이라니!"

나나가 이렇게 소리치자, 소년이 침대에서 일어나 앉아서 헝겊토끼를 향해 손을 뻗었습니다. 그리고 나나에게 또박또박 얘기했습니다.

"내 토끼 어서 이리 줘! 내 토끼한테 그렇게 함부로 말하지 마. 녀석은 장난감이 아니야. 진짜 토끼라고!"

소년의 말을 들은 헝겊토끼는 너무나도 행복했습니다. 결국 빼빼마른 말이 했던 모든 얘기들이 사실임을 알게 되었으니까요. 언젠가 빼빼마른 말이 들려주었던 놀라운 마술과도 같은 일이 그에게 일어난 것입니다. 그러니 이제 헝겊토끼는 더 이상 장난감이 아니었습니다. 소년이 말했듯이, 그는 진짜였습니다.

"내 토끼한테 그렇게 함부로 말하지 마."

소년이 나나에게 이렇게 또박또박 얘기할 때 헝겊토끼가 얼마나 행복했을지 상상하기란 어렵지 않습니다. 하지만, 여기서 우리가 잊지 말아야 할 것이 있습니다. 이 순간을 더욱 값지게 만들어준 감정은 다름 아닌, '감사' 하는 마음이라는 것을요. 자신의 변신에 있어 소년의 사랑이 커다란 역할을 하게 되리라는 것을 우리의 헝겊토끼는 너무나도 잘 알고 있었습니다.

"녀석은 진짜 토끼라고!"

그래서 자신의 친구가 던진 확신에 찬 한마디가 너무나도 고마웠던 것입니다. 이렇듯 친절한 행동은 우리의 권리가 아니라 우리가 함께 나누어야 할 선물입니다.

물론, 마음이 다른 데 가 있었다면 어떠한 감사나 행복도 느낄 수 없었겠지요. 그 순간에 집중하고 진정으로 그곳에 존재했기에 이 모두가 가능했을 것입니다. 이렇듯 짧은 순간의 집중은 우리의 마음을 감사로 충만하게 합니다.

한 가지 예를 들어볼까요. 학생 중에 케빈이라는 이름의 열정적인 젊은이가 있었습니다. 하루는 그가 수업에 카메라를 들고 왔더군요. 그는 사진 수업의 과제 때문에 고민 중이라고 털어놓았습니다. 그는 빛과 어둠, 그리고 형태와 그림자를 강조한 사진을 찍어야 했습니다.

수업이 있던 그날 오후, 창밖에는 뉘엿뉘엿 저무는 해가 아름다웠습니다. 우리가 함께 학업이나 부모님, 친구들과 같은 얘기들을 나누는 동안 그는 오른쪽 창에서 눈을 떼지 못하고 있었습니다. 결국 나도 그의 시선을 따라 창밖을 바라보았지요.

창 앞에 놓여 있던 열대 식물은 늦은 오후의 햇살을 받아 반대쪽 벽에 아름다운 그림자를 만들었습니다. 나는 케빈에게 원한다면 카메라를 꺼내서 사진을 찍어도 좋다고 얘기했습니다.

그러자 당황한 케빈이 내게 말했습니다.

"저는 선생님이 말씀하시는 걸 듣고 있었는데요. 한마디도 빼놓지 않고요."

"나도 잘 알아. 그래도, 필요하다면 사진을 찍어도 좋아."

"예, 그럼 딱 한 장만 찍을게요. 그거면 충분해요."

케빈은 사진을 찍었습니다. 하지만 햇살의 각도가 움직이면서 그림자의 모양이 계속 변하자, 우리는 모두 케빈이 10분마다 한 번씩 사진 찍는 것에 동의했습니다. 케빈은 계속 사진을 찍었지만, 수업은 아주 잘 진행되었습니다. 그리고 어느새 우리도 햇빛이 선물한 아름다운 그림자의 모습을 즐기고 있었습니다.

수업이 끝났을 때 우리의 기분이 어땠는지 궁금해하는 분이 있다면, 이렇게 말씀드리고 싶습니다. 그 시간 그 자리에 함께할 수 있었다는 사실에 모두들 감사하고 있었다고요. 케빈은 잠시 걸음을 늦추고 자신을 둘러싼 것들을 돌아보아도 괜찮다는 사실을 배울 수 있었습니다. 나 또한 가슴이 뿌듯했습니다. 어른들이 모든 것을 지나치게 통제하기만 하는 사람들은 아니라는 사실을 보여줄 수 있었으니까요.

케빈과 나는 아주 소박하면서도 아름다운 것들 덕분에 서로에게 감사하는 마음을 가질 수 있었습니다. 솔직한 마음을 나누고 서두르지 않아, 우리는 그렇게 진정으로 존재할 수 있었습니다.

긍정적일 때, 비로소 우리 안에 감사의 마음이 생깁니다. 소년이 잠자리에 들 때 안고 자는 인형으로 선택되고, 그 둘 사이에 존재하는 끈끈한 우정을 깨닫게 되었을 때, 헝겊토끼의 마음속에도 같은 일이 일어났습니다. 반대로, 참을성이 부족할 뿐 아니라 부정적인 나나는 놀이방에서 일어나는 마술 같은 일들을 전혀 알아채지 못합니다. 부족한 참을성과 부정적인 면은 진정으로 존재하지 못하는 사람들이 가진 전형적인 감정입니다. 이들은 인생이 주는 소박한 선물인 소중한 인간관계, 자연, 시간의 흐름과 같은 것들을 결코 이해하지 못합니다.

"자, 여기 네 토끼 인형이 왔다! 이제부터 이 녀석을 안고 자는 거야, 알겠지!"

나나는 한쪽 귀를 잡고 질질 끌고 온 헝겊토끼를 소년의 품에다 던졌습니다.

나나는 앞으로도 결코 자신을 둘러싼 소박한 아름다움에 눈뜨지 못할 것입니다. 소년과 헝겊토끼 사이에 존재하는 아름다운 관계는 두말할 것도 없고요. 우리 가운데도 감사하는 법을 배우지 못한 사람이 많습니다. 불행한 일이 아닐 수 없지요. 이는 어린이들 대부분이 부모로부터 감사에 대해 잘못 배우기 때문이라고 생각합니다.

부모들은 이렇게 말하라고 가르칩니다.

"감사합니다."

이것은 때로 바람직한 행동을 가르치는 방법이 되곤 합니다. 후식으로 아이스크림이 나왔다면, 여러분은 이렇게 말할 겁니다.

"감사합니다."

하지만 이러한 교훈이 무언의 압력이나 죄의식과 결합할 때, 문제가 시작됩니다. 한 소년이 선물을 받았다고 합시다. 그러면 부모는 이렇게 묻겠지요.

"뭐라고 말해야 하지?"

긍정적인 경험이 쪽지 시험으로 변하는 순간입니다. 그러면 설령 선물이 정말 마음에 들지 않아 고마움을 표시하고 싶지 않은 순간이라도 소년은 이렇게 말할 겁니다.

"감사합니다."

실망감을 자유롭게 표현하는 부모님 밑에서 성장했다면, 이런 말을 들은 적도 많을 겁니다.

"지금 이걸 감사라고 하는 거니?"

"나는 모든 걸 다 해줬는데, 왜 행복하지 않다는 거냐?"

이런 질문은 감사의 마음을 언제든 요구하면 생겨나는 물질과 같은 존재로 변하게 합니다.

불만은 우리의 경제에 활기를 불어넣는 원동력 중 하나입니다. 상업 광고는 우리가 가지고 있는 것이나, 우리 자신에 대해 불행하게 생각하도록 유도하는 것을 목적으로 합니다. 그래야 우리가 기분을 풀기 위해 더 많은 돈을 쓸 테니까요. 하지만 우리의 기분이 나아지는 일은 여간해서는 일어나지 않습니다. 계절이 바뀔 때마다 더 좋은 물건들이 쏟아져 나와서 우리가 사들인 물건들이나 우리 자신을 더욱 초라하게 만들기 때문이지요. 그러니 아무리 많은 것을 가져도 늘 부족함을 느끼는 것은 오히려 당연하지요. 이런 일들이 반복되자, 그 뒤에 뭔가 속셈이 있을지 모른다는 생각에 우리는 선물이나 호의나 심지어 친절한 말들 앞에서도 불편함을 느낍니다. 또한 우리가 가지지 못한 것에 온 마음을 두다 보니, 우리가 가진 것들에 대해 감사하는 마음은 점점 인색해집니다.

감사하는 마음에는 당신이 가진 것에 대해 좋은 감정을 느끼거나 고맙다고 말하는 것 이상의 무엇인가가 담겨 있습니다. 진정으로 감사하는 마음속에는 여러분 주변에 존재하는 모든 것 안에 아름다움과 놀라움이 깃들어 있다는 이해가 담겨 있습니다.

한 인간이 성장하고 발전하며 자신을 표현할 수 있는 방법이 수없이 많다는 것을 깨닫는다면 더욱 그러하겠지요. 올바른 눈을 가졌다면, 마주치는 사람들의 재능과 재치, 창조와 성과가 인간 정신의 다양성과 강인함을 그대로 표현하고 있다는 사실을 깨달을 수 있을 겁니다.

부모들을 위해 한 가지 적당한 예를 들어볼까 합니다. 에너지가 넘치고 도전 정신이 강한 사내아이를 기르고 있다고 가정해봅시다. 부모라면 그 녀석을 안전하게 지켜주고 넘치는 에너지를 무언가 생산적인 것에 쏟을 수 있도록 이끌어야 하겠지요. 하지만 그 녀석의 도전정신이 훗날 성공적인 삶을 사는 데 좋은 재능이 될 수 있지 않을까요? 훗날 이 꼬마 정력가에게 감사하게 되지는 않을까요?

진정으로 감사하는 마음을 가질 수 있는 때를 알기 위해서는 아무리 힘겨운 상황이라 할지라도 의식적으로 자각하고 인식해야 합니다. 이 두 가지로 가슴속 깊은 곳에서 우러난 감사의 마음을 느끼게 됩니다.

자각 ─ 마음이 열려 있고 감각이 살아 있을 때, 우리는 자신을 둘러싼 세상을 느낄 수 있습니다. 누구든 분명 이런 경험을 한 적이 있을 겁니다. 뒷마당에 매달아둔 그물 침대에서 보낸 몇 분 동안 아름다운 새들의 노래를 들은 적이 있을 겁니다. 혹은 정말 멋진 영화에 푹 빠져 그 안에서 움직이는 배우들의 움직임 하나하나를 놓치지 않고, 그들이 나누는 대화 속에 감춰진 깊은 의미까지 깨달은 적이 있을 겁니다. 진정으로 존재하게 된 사람들은 더 이상 자신의 가치에 대해 걱정하지 않습니다. 그렇기에, 고요한 마음과 맑은 눈으로 자신을 둘러싼 모든 것을 느끼고 관찰하고 깨달을 수 있습니다.

인식— 사람과 경험과 그 밖의 모든 것들의 가치에 눈뜬 순간, 그 깨달음은 곧 하나의 인식으로 자라납니다. 위대한 예술 작품을 보는 동안 여러분들도 이런 경험을 한 적이 있을 겁니다. 그 작품 속에 담긴 작가의 재능이나 공들인 시간들을 생각하지 않은 채 그 작품의 진정한 가치를 깨닫기란 불가능합니다. 이러한 사실을 자각한 후에야 그 작품의 아름다움을 온전히 인식할 수 있을 겁니다.

여러분은 이보다 훨씬 평범한 일상에서조차 깨달음을 얻을 수 있을 만큼 섬세한지요? 수많은 이들이 자신의 일에 쏟아 붓는 열정을 느낄 수 있나요? 매일 아침 정각 7시에 당신의 집 앞에 신문을 배달하는 배달부가 있습니다. 그 신문을 가지러 나가면서, 그 배달부가 얼마나 일찍 일어나서 보급소에 가서 신문 뭉치를 받아다가 비가 오나 눈이 오나 매일 같은 길을 달려 당신에게 신문을 전해주는지를 상상해보았나요? 신문은 한 번도 빠짐없이 매일 아침 바로 그곳에서 당신을 기다립니다. 이러한 사실을 자각하고 인식할 수 있다면, 이토록 사소한 일에서도 감사하는 마음을 느낄 수 있지 않을까요?

물질문명 속에서 만나는 사람들은 서로 살아가면서 가지려 애쓰는 것이나 괴로움을 겪고 있는 일들을 말하곤 합니다.

"오늘 하루는 어땠나요?"

누군가 이렇게 물으면 우리는 거의 무의식적으로 무엇이 엉망이었는지 대답합니다. 많은 이들에게 투덜거리는 것은 습관처럼 보입니다. 하지만 감사하는 것 또한 습관이 될 수 있답니다. 감사를 표하는 것이 어색하다 해도 걱정하지 마세요. 조금만 노력을 기울이면, 이것 또한 몸에 익숙해지게 되니까요.

하루를 보내면서 마주치는 작은 것들에게 감사하는 것에서 출발해보세요. 매서운 바람이 몰아치는 추운 겨울에 몸을 기댈 수 있는 포근하고 편안한 보금자리가 있나요? 아침 출근길에 자동차 시동이 부드럽게 잘 걸리던가요? 점심식사 후에 마신 커피 맛이 좋았나요?

이러한 생각을 반복하면 분명 효과를 발휘합니다. 잠자리에 들기 전 몇 분 동안, 하루를 돌아보며 내가 미처 깨닫지 못했던 긍정적인 순간들을 떠올려본답니다. 많은 이들이 이와는 반대되는 습관을 가지고 있음을 잘 압니다. 나도 전에는 물론 그랬지요.

"오늘 나한테 무슨 일이 있었는지 도저히 믿을 수 없을 거야."

나도 늘 누군가에게 이렇게 말을 꺼내곤 했습니다. 누군가에게 힘들었던 일들을 털어놓으면 마음이 좀 편안해졌으니까요. 하지만 나는 이제 분명히 말씀드릴 수 있습니다. 그날 있었던 긍정적인 일들에 감사하는 마음을 표하기 시작한다면, 당신의 삶은 수 있다는 것을요.

누군가 말할 사람이 없다 해도 이런 일들을 시도할 수 있습니다. 나는 긍정적인 경험들을 글로 쓰곤 하는데, 심한 스트레스나 도전을 받을 때면 더 많은 노력을 기울였습니다. 그러는 동안에 나는 깨달았습니다. 어릴 적에 키우던 고양이가 기분 좋게 그르렁대던 소리, 어린 딸이 수줍게 건넨 농담, 내 손을 꼭 잡았던 남편의 따스한 손까지, 내가 감사의 마음을 보내는 일들은 언제나 아주 작고 사소한 일들이라는 사실을 말입니다.

감사하는 연습은 어려운 순간에 더욱 빛을 발합니다. 이는 긍정적인 마음가짐을 갖게 하고, 걱정을 덜어주기 때문입니다. 당신에게 주어진 축복을 생각하는 동안에 어떻게 조바심을 낼 수 있겠습니까. 이것이 더없이 불행한 순간에도 효과를 발휘하는 것은 물론입니다.

남편, 혹은 애인이 자신을 속이고 있다는 것을 알게 된 여자가 있습니다. 이런 끔찍한 경험 때문에 가슴이 찢어지는 것만 같겠지요. 하지만 사람 사이의 관계에 있어 진실만큼 중요한 것은 없습니다. 이 진실로 괴로운 상황에서 빠져나오거나, 두 사람의 관계가 더욱 성장하거나 새로운 변화를 맞이할 수 있다면, 그녀는 오히려 이 모든 상황에 대해 감사할 수 있을 것입니다.

결국, 우리가 진정으로 존재한다면 어떤 순간에도 감사하는 마음을 잃지 않을 것입니다. 그러면, 다른 이의 잣대에 맞추느라 당신의 인생을 허비하는 일 없이 앞으로 나아갈 수 있겠지요. 후회하는 일 없이…….

진짜는 고통을
두려워하지 않습니다

"진짜가 된다는 게 뭔가요?"

어느 날, 헝겊토끼가 물었습니다. 나나가 아직 방을 치우러 들어오지 않아 마침 빼빼마른 말과 놀이방 바닥에 나란히 누워 있었거든요.

"몸 안에서 윙윙 소리를 내는 톱니랑 몸 밖으로 튀어나온 태엽을 가지게 된다는 뜻인가요?"

그러자 빼빼마른 말이 대답했습니다.

"진짜라는 건, 겉모습으로 결정되는 게 아니란다. 물론, 네게도 일어날 수 있는 일이지."

"아프지 않을까요?"

"가끔은 그래. 하지만 진짜가 된다면, 아픈 것쯤은 별일 아니지."

언제나 사려 깊은 빼빼마른 말이 이렇게 얘기했습니다.

이야기 속 작은 헝겊토끼는 진정한 어떤 것으로 변하기 위해서 아주 복잡한 과정이 필요하다는 사실을 알게 됩니다. 헝겊토끼는 진정한 존재가 되었을 때 비로소 느낄 수 있는 풍요롭고 충만한 인생을 자신도 살게 되기를 간절히 소망합니다. 하지만 그러기 위해서는 엄청난 고통이 따른다는 사실 또한 알게 됩니다. 이것은 우리가 원하는 바가 결코 아닙니다. 그럼에도 불구하고 인생이란 우리에게 얼마간 고통스럽기 마련입니다.

"고통은 네게도 일어날 수 있는 일이지."

빼빼마른 말이 얘기했듯이 말입니다.

사실, 자신이 품은 진짜 생각들과 감정들에 가까이 다가가면 갈수록 자신의 불완전함과 한계를 더 많이 발견하게 될 겁니다. 너무나 평범한 일상이 되버려 미처 깨닫지 못한 채 스치듯 지나가는 부정적인 생각들까지도 분명히 알 수 있게 될 테지요. 이렇게 드러나는 사실들은 아주 고통스러울 수도 있습니다.

보다 진정으로 존재하기 시작하자, 나는 내 마음 또한 다른 많은 여성들과 다를 바 없이 자기 비판적인 문장들로 가득하다는 사실을 깨달을 수 있었습니다.

"나는 다이어트를 해야 해."

"부엌이 엉망인데."

"도대체 오늘 얼마나 많이 먹어댄 거지? 돼지가 따로 없군."

"남편이 아직도 나를 사랑하는 걸까?"

"머리가 정말 엉망이야."

"나는 누구지?"

"옆집에 사는 사람들이 늘 나보다 더 행복해보이는걸."

"난 너무 못생겼고, 늙었고, 기운이 없어."

"난 엉망이야."

"도대체 뭐가 문제지?"

이런 생각과 느낌들은 분명 그것 자체만으로도 문제가 될 수 있지만, 그만큼 중요한 의미를 지닐 수도 있습니다. 이것이 당신과 진정한 삶 사이를 가로막고 서있는 장애물들의 정확한 목록이니까요.

이런 것들이 도대체 어디에서 생겨난 걸까요? 일부는 일상생활의 사회적인 환경 속에서 생겨났을 겁니다. 일반의 왕국에서 살아가다 보면 생겨나는 고유의 불만사항들인 셈입니다. 나머지는 진정한 자아의 가치를 평가절하 하도록 당신을 부추기는 사람들과 부대끼며 살아가는 동안의 경험에서 생겨났을 겁니다. 이런 부정적인 생각은 우리를 이 냉정하고 잔인한 세상 속에서 살아남을 수 있도록 훈련시키고 있을 뿐이라고 믿는 사람들에 의해 우리 마음속 깊은 곳에 새겨집니다.

어린 시절 나는 가능한 마음을 드러내지 말라고 배웠습니다. 내 부모님들은 몇 가지 이유를 들어 이를 지키라 가르치셨지요. 가장 큰 이유는 두 분이 건강하지 못하다는 데 있었습니다. 어린 나를 보살피기에는 부족한 육체적, 감정적인 에너지를 보완하기 위해 두 분은 지나치게 내게 집중하셨습니다. 그래서 나는 필요한 것이나 원하는 것을 제대로 표현할 수 없었습니다. 심지어 다른 사람의 보살핌이나 관심을 바라는 것은 나쁘다고 배웠으니까요. 나는 말 잘 듣는 아이가 되기 위해 완벽해야 한다는 믿음을 가지고 있었습니다. 어른이 된 뒤에도, 나는 완벽하고 늘 쓸모 있는 인간이 되어야 한다는 믿음을 버리지 않았습니다. 이런 믿음들로 후회하고 고통스런 인생을 살게 된 것은 물론입니다.

언제부터인가 나는 이토록 깊은 곳에 잠들어 있는 내 감정들을 탐구하기 시작했습니다. 그러자 스스로 이토록 심한 구속을 하도록 프로그램 되어 있는 내 자신의 모습과 마주하였습니다. 이는 너무나도 고통스러운 경험이었습니다. 새로이 깨어난 감정들은 참으로 강한 힘을 지니고 있었습니다. 나는 무섭게 화가 났고, 그만큼 후회가 밀려왔습니다. 내가 경험하지 못하고 지나친 것들이 상기되자 더욱 큰 슬픔에 잠겼습니다. 그러고 보니 나는 내 자신의 안락과 사랑을 부정하면서 많은 세월을 보냈더군요. 이 모든 것이 내 마음속 깊은 곳에 자리한 믿음 때문이었습니다. 오랜 세월, 나는 믿고 있었습니다. 훌륭한 인간은 자신을 위해 편안함이나 사랑과 같은 것들을 구해서는 안 되며, 오직 다른 사람들에게 주기만 해야 한다고 말입니다.

자신의 믿음과 감정들을 돌아보면, 당신도 자신을 옭아매고 있던 감정의 덫을 발견하게 됩니다. 당신이 알지 못하는 동안 어느새 당신 마음 깊은 곳에 자리한 그것들과 마주하게 될 겁니다. 내게 상담을 청하는 사람들은 누구나 그런 경험이 있더군요.

톰이라는 한 남자가 있었습니다. 그는 모든 전통적인 믿음을 신봉하는 부모님 밑에서 성장했습니다. 어머니는 가정주부였고,

아버지는 건설업자였습니다. 그분들은 아들에게 당신들의 선택이 늘 최선의 것이라고 가르쳤습니다. 또한 그와 다르게 사는 사람들은 잘못된 길을 걷고 있는 것이라고도 했습니다.

톰은 부모님의 뜻을 기꺼이 받아들였습니다. 다른 길을 걸어 부모와 형제들을 욕되게 하지 말라는 그분들의 말씀을 잊지 않았습니다. 그의 가족들 사이에는 다음과 같은 공식이 존재했습니다.

"우리는 언제나 함께 살아간다. 떠나는 것은 용납되지 않는다. 그것은 가족을 버리는 배신행위이기 때문이다."

자신을 통제하도록 교육받은 톰은 언제나 날개 잃은 새처럼 행동했습니다. 대학에 가서 원하는 공부를 하고 싶었지만, 그는 경찰이 되었습니다. 그는 부모님 댁 근처에 집을 얻고 어린 나이에 결혼을 해서 자신의 가족을 부양했습니다. 그동안 배운 바에 따르면, 그는 지극히 옳은 길을 걸어 왔습니다. 하지만, 마흔 살 무렵, 그는 문득 자신이 얼마나 많은 것들을 잃어버린 채 살아왔는지 깨달았습니다. 그는 아주 은밀한 방법으로 자신의 진정한 자아를 표현하기 시작했습니다. 야간 순찰을 도는 틈틈이 그는 시를 써 내려갔습니다. 교대를 하고 집에 돌아가기 전에, 그는 시를 적은 노트를 사물함에 넣어두었습니다. 부인에게도 자신이 시를 쓴다는 사실을 알리지 않았습니다. 시 속에는 그의 풍부한 감수성이 그대로 녹아 있었습니다. 그는 인생과 진실과 사랑과 자신의 정체성에 대한 혼란을 시에 담았습니다.

자신에 대해 더 많이 알게 되었음에도 톰은 자신이 가지고 있던 것들을 버리지 못했습니다. 그는 계속해서 경찰관으로 근무했고, 여전히 누구든 의지할 수 있는 확고한 신념의 사나이였습니다. 하지만 동시에 그는 자신의 창조적인 재능을 탐색하고 감정의 폭을 체험했습니다. 이는 흥분되면서도 조금은 혼란스런 느낌이었습니다. 톰은 은퇴할 날만을 손꼽아 기다렸습니다. 그리고 그 후에는 시적인 재능을 꽃 피울 수 있는 길을 찾아보리라 다짐했습니다. 지금은 아무것도 모르는 아내에게 자신이 쓴 시들을 슬쩍 내밀어 보이는 것이 그 시작이 되지 않을까 생각합니다.

오랫동안 숨어 있던 자신의 또 다른 면을 발견한 톰은 틀림없이 슬픔과 분노를 느꼈을 겁니다. 이러한 고통은 누군가의 강요에 의해 잃어버리고 만 자신의 또 다른 면과 놓쳐버린 기회 때문에 생겨납니다.

"내 창조적인 면이 빛을 발할 수 있었다면, 지금보다 더 행복했을까?"

"내 꿈을 위해 노력할 수 있었다면, 나는 지금쯤 어떻게 살고 있을까?"

어느 날 당신도, 자신에게 이렇게 물을지 모릅니다. 그리고 전혀 부끄러워할 이유가 없음에도 감정과 소망과 꿈을 부끄러워해야 한다고 배웠다는 사실을 깨달은 순간 폭풍처럼 화가 날 수도 있습니다.

대부분의 사람들에게 잃어버린 진정한 자아와 관련된 강한 감정은 사라지게 됩니다. 과거에 심각한 정신적 충격을 받았거나 학대를 경험한 사람들이라면 특히나 더 하지요. 하지만 마음의 문을 연다면 그중 일부의 사람들은 강한 감정의 물결을 경험할 수 있습니다. 만일 당신 스스로가 인생을 제대로 살지 못하게 하고 중요한 관계들을 가로막으며, 우울함을 떨쳐버리지 못하게 하는 강한 감정으로 우울증과 식욕감퇴, 불면증에 시달린다면 전문 상담가를 찾아가 도움을 청하는 것이 좋습니다. 어떤 이들에게는 우울함이나 과거의 정신적인 충격으로 인한 스트레스가 자신의 일부가 되기도 하니까요. 이러한 것들이 자아를 찾아나서는 우리의 여정에 방해가 되지는 않는다 하더라도, 결코 이를 무시해버리면 안 됩니다. 나중에 돌아보면, 진정으로 존재한다는 것은 그 자체만으로도 너무나도 즐거운 일이기 때문입니다.

깨달음을 얻는 아픔이 지나가면, 저절로 영원히 즐거움만 넘치는 상태가 된다는 것은 절대 아닙니다. 우리가 자신의 감정이나 생각, 그리고 다른 이의 경험에 대해 좀 더 마음을 쓰기로 결심했다면, 인생을 살아가는 동안 오히려 더 아픔을 느낍니다.

도대체 왜 이런 일이 일어나는 걸까요? 무엇보다도, 물질 사회를 지배하는 관점을 버리고 진정으로 존재하게 된 사람들에게는 그 문화의 부정적인 면이 더욱 확실히 보이기 때문입니다. 얼마나 많은 사람들이 정형화된 역할로 고통을 겪으며 아픔을 느끼는지 이제는 당신의 눈에도 보이게 될 겁니다. 좀 더 날카로워진 당신의 시선에 그동안 보지 못했던 잔인한 일들이 들어와, 더 큰 실망을 느끼게 될 겁니다. 당신의 동료를 꾸짖는 직장상사나, 백화점에서 아이를 때리는 부모를 보았을 때, 이 모든 일들이 당신의 마음을 편치 않게 만들 겁니다.

더욱 민감하고 현실적으로 바뀐 당신의 관점 덕분에 옛 친구나 친척을 만날 때도 이전과는 다른 느낌을 받을 겁니다. 가족을 찾으면, 당신의 개성이나 자존심을 무뎌지게 만들었던 사건이나 행동들이 떠오를 테니가요. 오래 알고 지내던 친구들이나 지인들이 갑자기 얄팍하고 차갑게 보일지도 모릅니다.

그래서 당신은 자신에게 이렇게 반문할지도 모르지요.

"이런 사람하고 쓸데없는 수다를 떨면서 그렇게 많은 시간을 보냈다니!"

혹은 그들이 당신에게 쌀쌀맞게 대할 수도 있습니다. 당신은 그들이 수년 동안 알고 지내오던 그 사람과는 '전혀 다르게 보이기' 때문입니다.

다행히도, 우리는 스스로 모든 비판과 '그때 그랬더라면' 하는 후회에 대해 설명하지 않아도 됩니다. 부정적이고도 묵시적인 물질 사회의 메시지에 영향을 받아왔다는 사실을 깨달았다면, 이제 케케묵은 그 고통스런 생각들일랑 던져버리고 당신을 가치 있는 사람으로 만들어주고 인생을 더욱 풍요롭게 해주는 생각들로 자신을 가득 채우세요. 많은 이들에게 이는 놀랄 만한 발상입니다. 살아오면서 스스로를 존중하며, 가족이나 친구나 사회로부터의 영향을 받지 않은 자유로운 선택을 경험한 이는 거의 없을 테니까요. 수많은 가능성 중에서 무언가를 선택해야 한다는 것은 때로 두렵고 심지어 손 하나 까딱할 수 없을 만큼 당신을 무기력하게 만들 수 있습니다. 이를 좀 더 수월하게 해내기 위해서는 현재의 삶에 당신을 어우러지게 하는 요소들이 많다는 사실을 떠올리세요. 진정으로 존재한다는 것이 변화를 위해 모든 것을 바꿔야 함을 의미하지는 않으니까요. 당신이 가려는 여정은 활활 피어나는 불꽃 같은 길이 아니라 천천히 피어나는 한 송이 수줍은 꽃과 같은 길이랍니다. 이는 자신을 발견해가는 더딘 과정입니다.

진정으로 관심을 두고 있는 것들과 열망하는 모든 것들이 저마다의 가치를 지니고 있으며 존중받아야 합니다. 모두가 가슴 속에 예술가나 시인의 자질을 품고 있지는 않습니다.

케이트라는 이름의 내 고객은 어느 날 자신이 숫자로 된 데이터를 처리하기 좋아한다는 사실을 발견했습니다. 혼자 일할 때 가장 행복했지요. 은행에서 일하는 것도 시도해봤지만, 창구에서 고객을 상대하는 일이 그녀에게는 너무 힘겨웠습니다. 그녀는 자기 뜻대로 주도 할 수 있는 일을 원했습니다. 지금 그녀는 큰 회사에서 미수금 계정을 담당하며 자신의 일을 진정으로 즐기고 있습니다. 어느 날 그녀가 내게 묻더군요. "토니, 당신의 일은 도대체 어떻게 돌아가는 건가요?" 그녀는 명확한 답이 없는 내 일을 스트레스가 많고 도무지 예측할 수 없는 일로 여기더군요. 하지만 나 역시 그녀가 하는 일을 하면 절대 행복할 수 없을 겁니다. 물론 그녀도 마찬가지겠지요.

당신이 진정으로 소망하는 일을 두고, 그럴 만한 가치가 없는 일이라고 평가해버리는 세상의 말에 더 이상 귀 기울이지 마세요. 대신에, 당신이 행복하고 즐겁고, 평화롭고 확신에 차 있던 순간을 떠올려보세요. 그때의 기억을 가능한 세세히 되살리는 시간을 가져보세요. 가능하면 당신이 기억해낸 일들을 종이 위에 적어보는 것이 좋습니다. 그것은 당신의 기억을 자극해서 자신을 더욱 분명하게 바라볼 수 있도록 도울 테니까요. 어느 날, 마음 둘 곳을 잃어버리고 방황하는 자신을 발견한다면, 어린 시절에 찍은 사진을 바라보며 다음과 같은 연습을 해보세요.

어린 시절에 찍은 사진 한 장을 찾아보세요. 그리고 그 사진을 당신이 종이와 펜을 두는 책상이나 탁자 위에 올려 놓으세요. 한동안 그저 그 사진을 바라만 보세요. 그 사진을 찍을 당시의 나이로 돌아가 어린 시절의 당신을 떠올려 보세요. 당신 안에 잠들어 있던 연민의 정을 깨워 사진 속의 꼬마를 바라보세요.

당신의 자녀나 제일 아끼는 조카에게 하듯이 그 아이를 생각하세요. 그 아이가 간직한 인간적인 아름다움과 힘과 꿈들과 관심들을 떠올려 보세요.

이제, 사진 속의 그 아이의 겉모습을 한번 적어보세요. 눈은, 머리는, 또 옷은 무슨 색인가요? 확신에 찬 모습인가요? 바보 같은 느낌을 가지고 있나요? 심각한가요? 당신이 결정하세요.

표면적으로 비춰지는 모습에 관한 것이 다 완성되었으면, 그 사진을 찍었을 무렵 그 아이의 내면에 깃들어 있던 것을 적어보세요. 그 꼬마가 사진을 찍었을 때 무슨 생각을 하고 있었는지 스스로 얘기하게 하세요. 그리고 어른이 되면 어떤 사람이 되고 싶은지, 그것도 꼭 들어봐야 합니다.

이런 연습을 하고 나면, 인생의 다른 순간들을 돌아보고 이를 글로 써내려 가는 것이 훨씬 수월해졌다는 사실을 깨닫게 될 겁니다. 물질의 세계에 발을 들여 놓기 전에 당신이 가졌던 열정과 관심과 꿈과 재능을 다시 깨닫는다면 어른이 된 지금 어떻게 살아가야 진정으로 존재할 수 있을지 그 실마리를 발견할 수 있답니다.

나는 조셉이라는 청년에게 이러한 일이 일어나는 것을 보았습니다. 고교 야구팀에서 투수로 이름을 떨치다 심각한 무릎 부상을 입고 선수 생활을 접어야만 했던 그는 이제 다시는 그토록 가슴 벅찬 행복감을 느낄 수 없으리라 확신하고 있었습니다. 우리는 투수로 활동하던 당시에 그를 행복하게 만들었던 것들의 목록을 작성하기 시작했습니다.

- 시합을 주도한다는 기분. 포수가 보내오는 신호를 받아들이건 거절하건, 그의 결정은 항상 신뢰받았지요.
- 그는 야외에서 하는 운동을 아주 좋아했습니다.
- 그는 다른 이들에게 늘 감탄의 대상이었습니다.

- 그는 수줍음이 많은 성격이었으나, 이는 전혀 문제될 것이 없었습니다. 야구는 선수들 간의 호흡이 크게 중요시되지 않는 운동이니까요.
- 그는 실력이 남달라 늘 신비스러운 존재였습니다.

우리는 함께 나눈 대화를 통해 참으로 많은 것을 얻을 수 있었습니다. 조셉은 10대에 야구선수를 했던 경험 중 긍정적인 요소를 현재의 삶에 적용할 수 있다면, 잃어버린 감정들 중 일부를 다시 경험할 수 있으리라고 생각했습니다.

투수를 했던 그 시절과 같은 감정을 다시 느낄 수 있다는 깨달음은 조셉의 삶에 새로운 열정의 불씨를 당겼습니다. 진정한 존재가 되기 위한 과정을 계속해나가자 그는 경쟁심을 불러일으키고, 성취감을 느끼며, 다른 이의 인정을 받을 수 있는 인간관계와 일, 그리고 다른 여러 가지 경험들을 찾아 나설 수 있었습니다. 또한 수줍음과 같이 자신에게 가장 부족하다 여겨온 부분을 제대로 인식할 수 있는 기회를 가질 수 있었습니다. 조셉은 새로운 자아를 만들어나가는 데 활용할 수 있는 점뿐만 아니라 고치고 싶은 점을 발견할 수 있었습니다. 누구든 이와 같은 경험을 할 수 있습니다.

진정한 존재가 되는 과정에는 고통과 상실감이 따릅니다. 하지만 이를 통해 우리의 가치 있는 부분을 다시 발견하고, 우리를 위험에 빠뜨릴 수 있는 믿음과 감정을 다스릴 수 있게 되지요. 우리 한 사람 한 사람은 저마다의 재능과 가치와 꿈을 한데 모아 만든 조각보와도 같습니다. 모두가 독특하고 아름다우며 소중한 조각보이지요.

진짜는 융통성이 있습니다

헝겊토끼의 키를 훌쩍 넘는 고사리들 사이에서 두 개의 낯선 물체가 살금살금 기어 나왔습니다. 가만히 보니 그들은 자신과 같은 토끼가 분명했습니다. 하지만 그렇게 윤기가 흐르는 털은 여태 한 번도 본 적이 없었습니다. 아마도 새로 나온 토끼 인형인 듯 했습니다. 그것도 아주 공들여 잘 만들어진 것이 틀림없었습니다. 솔기에 바늘 땀 하나 눈에 띄지 않았으니까요. 그 뿐만이 아니었습니다. 걸어갈 때도 녀석들은 몸을 아주 특이한 방법으로 움직였습니다. 길고 납작하게 죽 늘어났던 몸이 순식간에 통통하고 동그랗게 변했습니다. 계속 같은 자세로 꼼짝않고 한 자리에만 머물러 있는 헝겊토끼와는 달라도 너무 달랐습니다.

이제 결말을 향해 달려가는 마저리 윌리엄스의 이야기 속에서 헝겊토끼는 처음으로 숲에서 놀고 있는 진짜 토끼들과 마주칩니다. 그는 이들이 아름답다는 사실을 깨닫습니다. 그들은 윤기가 흐르는 털을 가졌고, 바늘땀 하나도 보이지 않았습니다. 하지만 그보다 더욱 놀라운 것은 진짜 토끼들이 움직이는 모습이었습니다. 유연하고 구부러지기도 하는 그들의 몸은 그야말로 환상적이었습니다. 헝겊토끼는 껑충껑충 뛰어오르고 자유롭게 춤을 추는 진짜 토끼들의 놀라운 모습에서 도무지 눈을 떼지 못합니다.

비록 진짜 토끼와 아직은 진짜가 아닌 헝겊토끼와의 물리적인 차이에 초점이 맞춰지고는 있지만, 작가가 우리에게 말하고자 하는 것은 이를 훨씬 넘어서는 것입니다. 진짜 토끼는 특별합니다. 그들은 움직이고 모양을 바꾸면서 자신을 표현할 수 있으며, 자신의 존재를 만끽할 수 있습니다. 그러니 언제 어디서나 늘 같은 모습인 헝겊토끼와는 비교할 수 없을 만큼의 융통성을 지닌 셈이지요. 그리고 이것은 이들에게 무한한 행복과 기쁨을 선사합니다. 정원에서 살아가는 토끼들의 예에서 알 수 있듯이, 진정으로 존재하기 위해서는 이와 같은 융통성이 꼭 필요합니다. 이것은 변화하는 환경에 잘 적응하는 능력을 뜻합니다.

지도자나 선구자에게 융통성은 없어서는 안 되는 요소입니다. 역사적으로 보아도 그러합니다. 위대한 일들은 쉴 새 없이 변화하는 환경에 적응하고 자신의 실수에서 배움을 얻은 사람들에 의해 이루어졌습니다. 영웅은 자기 앞에 닥친 고난과 장애를 새로운 방법으로 극복한 사람들입니다.

우리가 살아가는 이 시대에 융통성은 더 이상 선구자나 영웅이나 지도자들에게만 필요한 것이 아닙니다. 안전과 행복과 충만함을 느끼고 싶은 사람이라면 누구나 융통성이 반드시 필요합니다. 우리가 발을 담그고 살아가는 이 사회가 쉴 새 없이 변화하며, 우리는 그 안에서 끝없이 이어지는 선택을 해야 하기 때문입니다. 백 년 전에는 남자든 여자든 자신이 태어난 고장에서 자라고 살고 그리고 세상을 떠났습니다. 그 뿐만이 아닙니다. 거의 모든 사람이 평생 한 가지 직업에 종사했으며 결혼 또한 한 번만 했지요. 하지만 오늘날은 어떤가요. 이제는 직업을 바꾸고 집을 옮기며, 배우자가 바뀌는 일이 더 이상 낯설지 않습니다.

이처럼 끊임없이 변화하는 환경 속에서 물질적인 사람들은 낙오되기 쉽습니다. 《헝겊토끼》는 다음과 같이 묘사합니다.

그토록 자랑을 늘어놓고 오만하기 이를 데 없던 자동 장난감들도 중요한 부속품이 하나씩 고장 나면 이내 버려지고 말았습니다,

융통성이 없는 사람들은 자동 장난감처럼 무너지기 쉽습니다. 심각한 도전에 새로운 방식으로 대처하지 못하기 때문입니다. 그

들은 겁에 질려 자신에게 일어난 변화를 부정하고, 그것이 무엇이든 닥친 문제를 회피할 방법만을 찾으려 전전긍긍합니다. 혹은 자신의 방식을 끝까지 고수하려 몸부림 칩니다. 낡은 방법과 오래된 것들이 더 이상 아무런 소용도 없음을 너무나도 분명히 알고 있을지라도요.

행복하길 원한다면, 우리는 변화에 적응할 수 있어야만 합니다. 나이가 들어가는 자연스러운 일에서조차 그렇습니다. 젊음에 대한 예찬이 팽배한 사회를 살다 보니 중년에 접어들게 되면 많은 이들이 우울함을 느낍니다. 심지어 절망적인 기분에 사로잡히는 사람들도 있지요. 사회가 우리에게 나지막하나 분명한 목소리로 젊고 아름답지 않으면, 눈에 띌 수 없다며 속삭입니다. 그래서 세월이 주는 경험의 가치를 받아들이고 적응하고 감싸 안는 대신에, 우리는 젊음을 유지하기 위해 필사적으로 애씁니다. 결국 더 이상 예전처럼 빨리 달릴 수 없고, 밤새 일할 수 없으며, 머리 회전마저 둔해지면 절망감에 빠지고 맙니다.

적응을 거부하면 위험에 처할 수도 있습니다. 나를 찾아온 50대의 하워드가 바로 그랬습니다. 그는 극심한 스트레스와 큰 노력을 요하는 직업에 종사하고 있었습니다. 사실, 그런 직업은 하워드 나이의 반 정도 되는 젊은이들에게 적합한 것이었지요. 하지만 그는 그 일을 계속해나가기로 결심했습니다. 그것도 두각을 나타낼 수 있을 정도로 말이죠. 하워드는 힘과 확신을 얻기 위해 마약에 손을 대기 시작했습니다. 그리고 얼마 지나지 않아 그는 원하는 것을 이룰 수 있었습니다. 하지만 시간이 흐를수록 그는 혼란에 빠졌고 체력 또한 급격히 떨어졌습니다.

첫 번째 만남에서, 하워드는 해고라도 당하는 날이면 더 이상 살아야 할 이유가 없어지기라도 하듯 일이 자기 인생의 전부인 것처럼 얘기했습니다. 만남이 이어지면서, 우리는 그의 마음속 깊은 곳에 자리한 생각들에 좀 더 가깝게 다가갈 수 있었습니다. 그는 직업을 통해 얻는 돈과 사회적 지위가 없으면 아무런 가치 없는 인생의 실패자가 되고 말 것이라고 느꼈습니다. 그리고 하워드는 직업에 온 정신을 쏟는 것으로 아내에게 이혼을 당한 후에 물밀듯이 밀려오는 외로움과 슬픔을 잊을 수 있었노라고 털어놓았습니다.

하워드는 직업을 잃는다는 것이 무엇을 의미하는지 다시 생각해보았습니다. 그러고는 그 안에서 즐거움을 느낄 수 있는 뭔가 다른 직업을 갖는 것에 대해 진지하게 고민했지요. 좀 더 작은 집으로 이사하고 좀 더 낡은 차를 타는 것과 같은 생활의 변화에 적응할 수만 있다면, 보수가 좀 더 적은 직장으로 옮기는 일이 가능할 것 같았습니다. 그는 일이 아닌 다른 것들 안에서 자신의 모습을 발견해나가며 기쁨을 느꼈습니다. 하지만 슬프게도, 복용했던 마약이 심장 상태를 악화시켜 얼마 뒤 그는 세상을 떠나고 말았습니다.

극단적일지는 모르나, 융통성을 가지는 법을 배우는 것이 얼마나 중요한지를 보여준 예가 아닐까 합니다. 우리가 진정으로 행복하고 충만한 삶을 살고자 한다면 융통성을 갖는 것은 선택이아니라 필수입니다. 너무 어려운 일이라며 미리 한걸음 물러서지 마세요. 변화에 대한 여러분의 믿음을 조금 바꾸는 것만으로도 충분히 가능한 일이니까요.

• 변화는 재앙이 아닙니다. 그것이 아무런 아픔도 따르지 않는다고는 말하지 않겠습니다. 이혼이나 해고와 같은 변화는 그

자체만으로도 너무나 고통스러우니까요. 하지만 변화는 그 자체만으로, 스스로 우리를 극한의 상황으로 몰아가지는 않습니다. 단지 변화에 대한 당신의 반응이 파괴적인 방향으로 흘러가는 것이지요. 물론 건설적인 방향인 경우도 있겠지만요.

• 변화는 지극히 자연스러운 것입니다. 변화가 없다면, 우리는 성장을 경험할 수 없습니다. 성장하지 않으면 우리는 활기를 잃고 곧 시들고 만답니다. 진정으로 균형 있는 시각은 변화를 아우르는 법입니다.

• 변화가 곧 당신의 실패를 의미하는 것은 아닙니다. 이전의 상황이 더 이상 당신에게 맞지 않을 때 비로소 변화가 생기기 시작합니다. 이는 결코 실패를 의미하는 신호가 아닙니다. 오히려 성장할 수 있는 계기가 될 수도 있답니다.

• 커다란 변화를 겪은 뒤에는 당신도 변하기 마련입니다. 정말 그렇습니다. 그리고 이것은 분명 아주 좋은 일이랍니다. 모든 새로운 경험을 통해 당신의 진정한 자아에게 인생에 대한 깊고 풍부한 이해가 더해지게 되니까요.

이렇듯 변화에 대한 진지한 태도를 가지고 있으면, 당신 앞에 닥친 새로운 상황을 융통성 있게 대처할 수 있습니다. 이에 알맞은 아주 훌륭한 예가 있습니다. 이것이 앞서 소개한 경우에 대한 완벽한 해답이 될 수 있을 것입니다.

알렌은 교통사고로 반신불수의 몸이 된 청년이었습니다. 오랫동안 슬픔에 잠겨 있던 그는 이제 그만 슬픔을 털어버리고 변화에 적응하기로 결심했습니다. 생각이 맑아지자 얼마 지나지 않아 장애인들의 권익을 위해 일하는 직업도 얻었습니다. 또한 그는 휠체어를 타고 하는 모든 스포츠에 몰두했고, 여기서도 두각을 나타냈습니다.

우리가 만날 무렵, 알렌은 자신이 겪은 그 끔찍한 사고를 자신을 새롭게 만들어 나가는 자극제로 삼았습니다. 그에게는 보통의 다른 사람들보다 훨씬 많은 친구들이 있었고, 훨씬 더 많은 지지를 받고 있었으며, 훨씬 더 진정한 사랑을 나누었습니다. 또한 그는 한창 결혼 준비 중이었습니다. 그는 자신과 같은 상황에 처했으나 새로운 환경에 적응하지 못해 고통스럽고 무기력한 삶을 살고 있는 젊은이들과 많은 대화를 나누려 애쓰고 있었습니다. 마음의 장애가 육체의 장애보다 훨씬 더 자기 파괴적이라는 사실을 너무나도 잘 알고 있었으니까요.

알렌은 사고로 야기된 변화를 비극이며 동시에 축복이라 여겼습니다. 그의 장애는 비극적인 일이었습니다. 하지만 분명 축복이기도 했지요. 그렇게 커다랗고 값비싼 대가를 치르고서, 알렌은 소중한 인생을 만들어 나갔습니다. 사고를 하나의 축복으로도 바라보려는 결심이 있었기에, 그는 인생을 송두리째 뒤바꾼 사고에 적응해나갈 수 있었습니다. 이러한 과정 속에서 그는 무의식적으로, '틀 바꾸기'라는 연습을 해나간 것입니다.

상황을 재구성해나갈 때, 우리는 비로소 보다 나은 시각을 가질 수 있도록 해주는 새로운 생각의 '틀'에 적응하게 됩니다. 아주 엉망으로 나온 사진이라도 잘 어울리는 사진틀에 넣으면 훨씬 근사하게 보이죠. 우리가 인생을 살아가며 마주치는 문제들을 '틀 바꾸기'를 통해 새로운 틀에 넣고 바라보면, 그 안에 꼭꼭 숨어 있던 기회들을 발견할 수 있습니다.

《헝겊토끼》에서 소년이 자신의 헝겊토끼 인형을 침대로 데려가는 부분에서 '틀 바꾸기'의 효과를 엿볼 수 있습니다. 처음에는 헝겊토끼에게 새로운 환경이 영 어색하고 불편하기만 합니다. 소년이 너무 꼭 끌어안거나, 가끔씩 자기 위에 엎드려 잠이 들거나, 베개 밑에 깔리기라도 하는 날이면 숨조차 제대로 쉴 수 없을 지경이었으니까요. 하지만 헝겊토끼는 이 모든 상황에 적응할 수 있을 만큼 융통성이 있었습니다. 그는 점차 소년이 자신에게 기울이는 모든 정성과 사랑에 감사하는 마음이 생겼습니다. 그리고 이 소년의 사랑이 헝겊토끼를 진정한 존재가 되는 길로 이끌었습니다.

진짜는 인내를 사랑합니다

그리고 몇 주가 흘렀습니다. 그동안 우리의 작은 헝겊토끼는 아주 낡고 볼품없이 변해갔습니다. 하지만 소년은 변함없이 그를 사랑했습니다. 소년의 사랑은 깊고도 깊어서 토끼의 수염이 빠져나가고 분홍색 귀가 회색으로 바뀌고 갈색 얼룩무늬가 희미해져 가는 것에도 전혀 흔들림이 없었습니다. 이제는 너무도 변해버려 토끼처럼 보이지도 않았지만, 소년의 눈에는 여전히 사랑스러운 헝겊토끼였습니다. 바로 이것이 작은 헝겊토끼를 견디게 만드는 힘이었습니다.

이야기 속에서, 헝겊토끼에게 쏟는 소년의 헌신과 애정은 훗날 헝겊토끼를 진짜 토끼로 변하게 합니다. 누가 뭐라든지 개의치 않고, 자신을 사랑스럽고 가치 있는 존재로 여기는 진짜 토끼로 말이죠. 사랑이 우리를 성장시킨다는 강렬한 메시지도 주었고요.

하지만 헝겊토끼의 변신이 완전하게 이루어지기 전에, 작가는 진정한 사랑이 어떻게 효과를 발휘하는지 또 다른 방식으로 보여줍니다. 헝겊토끼가 세상에 하나뿐인 존재가 되어 가도록 돕는 것은 제쳐두고라도, 소년의 순수한 마음이 담긴 애정은 헝겊토끼에게 행복과, 자신이 가치 있는 존재라는 느낌과, 또 다른 이를 사랑할 수 있는 마음을 선물합니다. 그가 보여주는 애정은 변함없고 진실한 것입니다. 그리고 소년은 결코 토끼에게 불가능한 어떤 것이 되라고 요구하지 않았습니다.

소년과 헝겊토끼의 관계는 우리에게 사랑이 우리의 삶에 긍정적인 효과를 발휘하는 방식은 세상 어디서나 통용될 수 있다는 진실을 얘기합니다.

영화나 드라마 속에서 사랑하고 사랑받는 주인공들은 약속이라도 한 듯 하나같이 젊고 아름답습니다. 불꽃놀이가 밤하늘을 수놓고, 특별한 날에 비행기 일등석에 몸을 싣고 파리로 날아가는 일이 심심치 않게 일어나는 영화 속에서, 이들은 모두 눈이 부시고 열정이 넘치고 그야말로 아름다운 로맨스에 빠집니다. 하지만 영화 속 주인공에 비하면 겉모습부터 부족하기 그지없는 우리로서는 그런 사랑이 멀게만 느껴집니다. 그러니 영화나 드라마속의 아름다운 사랑 이야기가 우리에게 남기는 것은 우리 자신이 너무나도 부족하고 전혀 매력적이지 않으며 하나도 사랑스럽지 않다는 슬픈 느낌뿐입니다.

이러한 느낌을 극복하기 위해 우리는 텔레비전이나 영화 속의 사랑은 절대 현실이 아니라 그저 상상 속에나 존재하는 것임을 되새길 필요가 있습니다. 숨 가쁘게 돌아가는 실제 생활 속에서 영화 같은 사랑을 하는 사람은 아무도 없습니다. 그러니 만일 거짓된 사랑 이야기에 감동을 받고 그와 같은 사랑을 하려 한다면 분명히 실패할 것입니다.

물질적인 사고에 바탕을 둔 사랑이 얼마나 허망하고 공허한 것인지를 알기 위해 굳이 연예인들이 나오는 잡지를 읽을 필요는 없습니다. 우리 주변에도 그런 사랑을 하는 사람들이 넘쳐난다는 사실을 모두 알고 있으니까요.

카렌이라는 여성이 있었습니다. 금융계의 거물급 인사였던 그녀는 모델같이 잘생긴 남자와 결혼을 했습니다. 하지만 결혼 후 얼마 지나지 않아 그녀의 건강이 악화되었고 급기야 발작을 일으키기 시작했습니다. 그러자 잘생긴 남편은 그녀를 버렸습니다. 그녀가 더 이상 완벽하지 않다는 것이 그 이유였습니다. 너무도 빨리 끝맺은 결혼 생활을 돌아보며 카렌은 이렇게 결심했습니다.

"다음에는 진실한 사람을 만나야지."

다시 누군가를 만날 준비가 되자 카렌은 아주 용감하고 정직하게 사람들을 대했습니다. 그녀는 상대 남자들에게 자신은 표면적인 관계 이상의 것을 원한다고 솔직하게 말했습니다. 그리고 그들에게 발작을 포함한 소소한 문제들 같은 자신의 결점을 털어놓았습니다. 발작에 대처하기 위해 그녀는 자신이 좀 더 즐기며 할 수 있는 일로 직업까지 바꾸었습니다. 그러자 기대하지도 않던 일이 일어났습니다. 너무나도 멋진 남자가 그녀의 인생에 발을 들여놓은 것입니다. 그는 그녀의 지금 모습 그대로를 진정으로 사랑했습니다. 그들은 결혼을 했고, 지금 예쁜 딸을 낳아 기르고 있습니다. 그들은 내가 지금껏 보아온 수많은 커플들 중에서 가장 물질적이지 않으며 가장 사랑스러운 부부입니다.

지금 당신의 모습에 대해 정직할 수 있다면, 당신 영혼의 동반자가 수많은 사람들 속에서 당신을 발견할 수 있습니다. 그들은 분명 그토록 오랫동안 찾아온 소중한 이가 당신임을 단번에 알아볼 수 있습니다. 중요한 것은 당신이 어떤 모습을 하고 있느냐가 아니라 당신이 누구냐 하는 겁니다. 진정한 사랑은 가치관과 이상과 신념을 함께 나누는 동안 샘솟기 마련입니다. 당신의 가장 소중하고 가장 사랑스러운 면은 눈에 보이지 않는다는 사실을 기억하세요.

진실한 두 사람이 서로를 발견할 때, 그들의 관계에 지루한 것은 하나도 없습니다. 이들은 장미꽃과 샴페인으로 굳이 로맨틱한 상황을 만들려고 애쓰지 않습니다. 그 대신 장을 보거나 빨래를 하는 등의 가장 평범하고도 일상적인 상황에서 로맨틱한 점들을 찾아내지요. 사실 우리가 누군가를 진정으로 사랑할 때, 우리는 사랑하는 이가 푹 빠져 있는 일들에서 종종 아주 강렬한 감정의 반응을 경험하곤 합니다.

만일, 당신의 남편이 낚시광이라고 합시다. 조만간 제일 좋아하는 강으로 낚시 여행을 떠날 계획을 세워둔 그는 지금 새로 마련한 낚싯대를 아주 조심스럽게 시험하고 있습니다. 그러면 당신은 그 행복이 넘치는 남편의 눈빛을 사랑하지 않을 수 없을 겁니다. 혹은 당신의 아내가 정원 가꾸기를 좋아한다고 합시다. 그녀는 씨앗이 싹을 틔우고 열매를 맺고 다시 자연으로 돌아가는 그 모든 생명의 순환 앞에서 언제나 깊은 감동을 받습니다. 그러면 당신은 꽃밭에서 일하는 그녀를 보는 모든 순간을 사랑하지 않을 수 없을 겁니다.

우리가 서로의 성장과 발전을 위해 헌신할 때, 진정한 사랑이 꽃피는 법입니다. 이것을 글로 정리하기 전에, 나는 책의 내용을 남편과 이야기했습니다. 대화를 나누는 동안 남편은 피스타치오를 하나씩 깨물어 먹었고 나는 커피를 조금씩 마셨습니다. 우리는 서로의 말에 주의를 기울이며 집중했습니다. 우리는 강한 친밀감을 느꼈습니다. 내 생각에는 우리 두 사람이 육체적으로 감정적으로 그리고 지적으로 같은 공간에서 함께했던 그때가 바로 로맨틱한 순간이 아니었나 합니다.

진정한 사랑과 로맨스는 매일 매일의 삶 속에서 커가기 마련입니다. 특별한 경우나 과장된 행동 속에서 자라나는 것이 아닙니다. 아무리 바빠도 사랑하는 이가 기뻐하리라는 것을 알기에 넌지시 상대방의 빨래를 대신 해주거나 서점에 잠시 들러 책을 한 권 사서 선물하는 바로 그 순간에 사랑이 피어납니다. 사랑은 그렇게 작고 아름답고 소중한 순간에 우리에게 살며시 미소 짓습니다.

영원히 변함없다고 해서, 진정한 사랑이 수동적인 것은 아닙니다. 오히려 아주 능동적이지요. 이는 사랑하는 사람을 위해 당신이 할 수 있는 일들을 하는 것을 의미합니다. 사랑하는 사람이 새로운 정원을 꾸미기 위해 땅을 갈고 있다면, 밖으로 나가서 삽을 집으세요. 그렇게 흘린 땀방울이 얼마나 로맨틱한지 알게 된다면 당신도 분명 놀랄 겁니다.

10대 시절, 내 친구 도나는 데이트하고 싶은 남학생들에게 《헝겊토끼》를 선물하곤 했습니다. 내가 그렇게 하는 까닭을 묻자 동화 속 토끼가 사랑받은 것과 똑같이 자신도 사랑받고 싶어서 그런다고 얘기하더군요. 그리고 다음과 같이 덧붙였습니다.

"그게 가장 큰 이유긴 하지만, 그게 내 사랑의 방식이기도 하다는 것을 알려주고 싶은 마음도 있어."

한 살 한 살 나이를 먹어가면서, 마저리 윌리엄스의 동화도, 그 안에서 발견한 따뜻하고 소중한 사랑도, 어느새 그녀의 기억 속에서 희미해져 갔습니다. 남편감을 찾아야겠다는 생각이 들었을 때, 그녀 또한 다른 많은 사람들이 그러하듯이 외모나 사회적 지위, 그리고 전도유망한 직업과 같이 보이는 물질적인 것들에 집착하기 시작했습니다. 그렇게 피나는 노력을 통해 고른 남편감이 바로 로저였습니다. 그는 의사가 되기 위해 공부하고 있는 잘생긴 청년이었답니다.

그 무렵, 도나는 대학에서 강의를 하고 있었습니다. 그녀는 대학교수와 의사의 결혼은 더할 나위 없이 완벽한 것이라고 생각했습니다. 도나는 자신 앞에 오직 편안하고 수준 높은 인생만이 펼쳐지리라는 기대에 들떠 망설임 없이 로저와 결혼식을 올렸습니다.

하지만 현실은 도나의 생각과는 너무 달랐습니다. 우선 대학교수라는 직업은 봉급이 그리 많지 않은 데다 그다지 안정적인 것도 아니었습니다. 게다가 성공가도를 달리는 의사들도 있었지만, 대부분의 의사들은 학비 대출금을 갚고 실습을 나가는 일로 어려움을 겪고 있었습니다. 물론 로저도 그들 중 한사람이었지요.

실망은 여기에 그치지 않았습니다. 얼마 후 도나와 로나는 서로의 불완전한 인간적인 면에서 충돌을 일으키기 시작했습니다. 서로에게 품었던 환상이 산산이 깨지자, 그들은 결국 부부 상담을 받기로 했습니다. 그렇게, 서로를 사랑하는 방법을 다시 배우기 시작했습니다.

힘겨운 시간들이 도나와 로저를 조금씩 진정한 관계로 이끌었습니다. 그러자, 이상적인 결혼에 대한 환상이 깨어진 데서 생겨난 실망과 분노 또한 조금씩 희미해져 갔습니다. 이러한 과정에서 도나는 로저에게 전보다 훨씬 깊고 강한 애정과 애착을 느끼게 되었습니다. 자신이 꿈꿔왔던 것과는 거리가 먼 사람이라는 사실에 화를 내는 대신, 남편의 자상함과 진실함, 그리고 용기에서 새로운 매력을 느끼게 되었습니다. 그녀는 끊임없이 스스로 발전시키려는 그의 노력에 마음 깊이 공감하고 그런 남편을 신뢰하게 되었습니다. 그렇게, 두 사람이 간절히 바라던 일이 어느새 현실이 되었습니다.

도나는 《헝겊토끼》 속에 담긴 진실을 발견하고, 이를 잠시 잊었다가, 결국 다시 찾았습니다. 비록 자신은 그 사실을 미처 깨닫지 못했지만 말입니다.

성적인 측면을 전혀 논하지 않은 채 로맨틱한 사랑에 대한 애기를 마무리 할 수는 없지요. 성이란 성인들의 인간관계에서 분명 중요한 몫을 차지하고 있으니까요. 하지만 안타깝게도 이는 크나큰 즐거움을 가져다줌과 동시에 심각한 혼란과 충돌을 가져옵니다.

사적인 자리에서, 사람들은 내게 이런 질문을 던지며 성에 대한 얘기를 꺼내곤 합니다.

"좋은 섹스란 뭘까요?"

사람들은 정작 그 자체에서 기쁨을 느끼지 못하면서도 항상 멋진 섹스에 집착합니다. 사랑에 빠진 한 젊은 여성이 이렇게 얘기하는 것을 들은 적이 있습니다.

"나는 항상 그이가 궁금해하도록 만들어요. 신비함이 사라져버려서 더 이상 새롭고 흥미로운 것이 남아 있지 않다면, 왜 그이가 저하고 다시 '그걸' 하려고 하겠어요?"

우리의 문화는 새로운 사람과 나누는 놀랄 만한 방법의 섹스만이 근사한 것이라고 끊임없이 속삭입니다. 하지만 멋진 섹스란 서로에 대한 따스한 배려와 관심이 함께할 때 비로소 완성됩니다. 이는 새로운 기술을 경쟁하고 시험하는 기회가 결코 아닙니다. 다만, 자신이 사랑하는 이와 몸도 마음도 완전한 하나가 되는 순간입니다. 오랜 시간을 지나오며 나의 모든 것에 대해 알게 된 사랑하는 사람과, 처음 만나 하룻밤을 보낸 사람 중에 누구의 마음에 진정으로 공감할 수 있을까요? 당신만의 꿈과 소망에 귀 기울이는 사람과, 당신을 다른 모든 사람과 다를 바 없이 대하는 사람 중에 어떤 사람과 함께하고 싶은가요?

지금 내가, 당신 곁에 있는 소중한 사람과 나누는 진정한 사랑이 에로틱한 영화 속의 그것보다 훨씬 낫다는 말씀을 드리고 있다는 생각이 드셨다면, 당신은 내 얘기에 깊이 공감하신 것입니다. 세월과 함께 아름답게 무르익고, 사랑하는 이들을 더욱 가깝게 하며, 잔잔하나 깊은 기쁨을 선물하는 그런 사랑을 당신께 말씀드리고 싶었으니까요.

진짜는 진신의 가치를
소중히 여깁니다

그렇게 시간이 흐르는 동안 작은 헝겊토끼는 아주 행복했습니다. 너무나도 행복한 나머지 자신의 아름다운 벨벳털이 점점 볼품없어지고 있다는 사실도, 꼬리의 실밥이 풀리고 있다는 사실도, 소년이 입을 맞추던 반짝이는 코가 그만 너덜너덜해지고 말았다는 사실도 미처 깨닫지 못했습니다.

진짜가 되는 과정은 결국 우리가 자신을 담담하게 바라보며 만족할 수 있도록 만들어 줍니다. 이는 우리가 더 이상 수줍음이나 회의감으로 당황하지 않는다는 것을 의미합니다. 우리는 한 인간으로서 우리가 지닌 가치를 참으로 편안한 마음으로 받아들여 이에 따라 행동할 수 있게 됩니다.

특별한 노력을 기울이지 않더라도, 우리는 도덕적으로 행동하기 시작합니다. 이는 우리가 더 이상 부끄러움을 느끼지 않고, 가식적인 모습을 보이거나 속임수를 쓰거나 다른 이를 하찮게 여길 필요가 전혀 없기에 가능하지요. 도덕적인 행동 속에는 자신의 행동이 어떤 파장을 일으키게 될지를 미리 생각해야 한다는 자각이 담겨 있습니다. 이를 토대로 위험한 요소는 최소화하고 바람직한 요소를 극대화하는 방향으로 자신의 행동을 이끌어가는 것이지요.

일상에서 흔히 마주칠 수 있는 예를 하나 들어볼까 합니다. 거리를 걷고 있는데 누군가 길에 뱉어놓은 껌을 밟았다고 합시다. 당신은 주머니를 뒤적여 작은 종이 조각을 찾았습니다. 그러고는 신발 바닥에 붙은 껌을 떼어냈습니다. 자, 이제 어떻게 하겠습니까? 껌을 싼 종이를 다시 길에다 던져버리겠습니까? 혹은 주머니 속에 넣거나, 휴지통에 버리겠습니까? 전자라면, 당신은 이제 막 부정적인 반응의 고리 속에 발을 들여놓았습니다. 당신이 버린 쓰레기를 치울 누군가에게 납세자들의 세금이 사용될 테니까요. 후자라면, 축하합니다. 아주 도덕적인 선택을 하셨군요.

일상 속의 도덕을 멋지게 표현한 구절이 있습니다.

"무엇이든 남에게 대접을 받고 싶은 대로 그들을 대접하라."

이 구절은 우리가 어떻게 대접받고 싶은지 알기 위해 먼저 다른 이의 입장이 되어보라고, 그리고 이를 행동으로 옮기라고 말합니다. 바로 이것이 내가 상상할 수 있는 도덕의 가장 근본적이 모습입니다.

자신의 마음속을 들여다보고, 다른 이의 입장이 되어 생각하면 이것은 저절로 도덕적인 행동으로 이어지기 마련입니다. 신비한 일이 아닐 수 없습니다. 당신과 꼭 같이 다른 이들 또한 하나의 물질이 아닌 소중하고 가치 있는 사람이라는 사실을 깨닫기 시작하자마자, 당신은 이들에게 상처를 주지 않으려 애쓰게 될 겁니다. 당신은 전보다 훨씬 친절해지고, 참을성이 많아지며, 이해심도 커지고, 격려를 아끼지 않을 겁니다. 학생 중 한 명인 짐이 어느 날 내게 진정한 존재로 거듭나는 과정이 자신을 얼마나 도덕적인 사람으로 만들었는지 얘기하더군요. 사실, 그는 내가 만난 학생들 중에서 가장 도덕적적인 사람이었답니다.

우선 얘기에 앞서 간단한 설명을 덧붙일까 합니다. 짐은 작년에 그룹으로 진행되던 내 세미나에 참석했었습니다. 그 수업에서 짐은 자신이 경험했던 세계 여행과 뜻밖에 가지게 된 값비싼 장난감에 관한 이야기로 다른 학생들에게 깊은 인상을 주었답니다. 항공사에서 일하는 그는, 정말 매력적인 삶을 살아가고 있었습니다. 그와 관계된 모든 것들이 소리 없이 말하고 있었습니다. 그 교실의 다른 어떤 사람보다 그가 단연 돋보이는 존재라고 말이죠. 그래서인지 그는 언제나 다른 사람들 앞에서 조바심을 냈고 남들을 존중하지도 않았습니다.

일 년 후에, 또 다른 그룹의 명단을 살펴보던 나는 학생들 사이에서 짐의 이름을 발견했습니다. 그의 재능과 열정이 떠올랐습니다. 그리고 동시에 그가 또다시 그렇게 다른 사람들에게 무신경하게 굴지 궁금했습니다.

이번에 짐이 속한 그룹은 전보다 훨씬 더 조용하고 집중을 잘한다는 사실을 알고 나는 기뻤습니다. 그는 그룹의 학생들에게 훨씬 더 많은 관심을 나타냈고, 전보다 훨씬 부드러운 모습이었으며, 더 친절하게 행동했습니다. 전부터 짐을 알고 있던 학생들은 그의 변화에 나만큼이나 깊은 인상을 받았습니다. 결국 누군가 그의 새로운 태도에 대해 말을 꺼냈습니다.

짐은 한 고비를 겪으면서 이러한 변화가 시작되었노라고 대답했습니다. 그 사이 딸이 암에 걸렸다는 판정을 받았는데, 그동안 자신이 그토록 소중히 여겼던 것들이 아무런 소용이 없더라는 겁니다. 외모도 돈도 재산도 근사한 여행도 딸의 아픔이나 자신의 고통을 덜어주지 못했답니다. 딸이 원하는 것은 오직 자신의 관심과 보살핌뿐이었다고 하더군요. 딸을 사랑하는 마음 하나로, 그는 수많은 병원을 찾아다니며 모든 치료를 받을 수 있게 했습니다. 그러는 동안 그는 다른 이의 말에 귀 기울이고, 자신의 가슴이 느끼는 것을 나누며, 모든 순간 속에서 행복을 찾는 법을 배울 수 있었답니다. 고통스런 투병 생활을 꿋꿋하게 견뎌나가는 딸의 모습과, 그와 같은 다른 아이들의 모습을 바라보면서, 인생에 대한 완전히 새로운 시각을 가지게 된 것입니다.

그리고 그는 이렇게 털어놓았습니다.

"예전에 내가 가진 것들과 내가 하는 일들을 그렇게 중요하게 여겼다니, 도무지 믿을 수가 없어요."

그는 아픈 마음을 억누르며 얘기했습니다. 딸의 힘겨운 시간들이 자신에게 다른 이의 감정을 헤아릴 수 있는 크나큰 선물을 주었으며, 자신이 마주치는 모든 이들에게 보다 친절할 수 있었다고 말입니다. 정직하고 용감하게 행동하며 따뜻한 마음을 나누는 법이 그의 가슴 깊은 곳에 소중하게 간직되어 있음을, 우리 모두는 느낄 수 있었습니다.

짐이 덧붙였습니다.

"조금은 낯설고 또 부끄럽기도 하지만, 나는 전보다 훨씬 나은 사람이 된 것 같아요."

나 역시 진정한 존재가 되었기에 이 모든 일이 가능했던 것이 아니겠느냐고 그의 말에 한마디 덧붙이고 싶습니다.

진정으로 다른 이의 입장에 설 수 있게 되고 정직하게 행동으로 옮긴다면, 당신의 마음이 주어진 상황에서 가장 도덕적인 선택을 할 수 있도록 당신을 이끌어줄 겁니다. 우리는 누구나 일상 생활 속에서 매순간 망설입니다. 이처럼 갈피를 잡지 못하고 흔들리는 감정은 우리의 내적인 도덕 기준에 어긋나는 선택을 하려는 경우 우리의 마음속에 켜지는 경고등과도 같은 것입니다. 종업원이 너무 많은 잔돈을 거슬러 주었을 때 이를 돌려주지 않고 그대로 가게 문을 나설 때 느껴지는 죄의식의 작은 떨림은 당신의 진정한 자아로부터 나온 것입니다. 착오로 돌려받은 세금을 보며 조바심이 났다면, 이는 당신의 진정한 자아가 당신에게 나지막이 말을 건넨 겁니다. 그러니 친구나 배우자나 동료를 배신한 사람들이 어떻게, 왜 부끄러움을 느끼게 되는지는 굳이 말할 필요도 없겠지요?

개인적으로 직접 누군가를 만날 때는 상대적으로 자신이 도덕적인 선택을 하는 순간을 알아채기 쉽습니다. 사람들은 우리에게 소리 없이 말합니다. 우리가 진정으로 공정하고 열린 마음으로 정직하게 자신을 대하는지, 작은 몸짓들로 우리에게 속삭입니다. 우리 앞에 서 있는 이들의 눈을 바라보세요. 그러면 그 안에서 그들이 공정한 대접을 받는다고 느끼는지 아닌지를 분명히 볼 수 있을 테니까요.

여러 가지 결과들이 복잡하게 얽힌 경우에는 선택이 훨씬 어려워지기 마련입니다. 자격 미달의 직원들을 둔 건설업자를 고용해 본 적이 있나요? 그러면 적지 않은 돈을 절약할 수 있는 것이 사실입니다. 특히나 돈이 부족한 경우라면 더하겠지요. 그러니 이 경우에 도덕적인 선택을 하기란 결코 쉬운 일이 아닙니다. 이렇듯 옳지 않은 길에 발을 들여놓을지 아닐지를 결정하는 것은 전적으로 당신의 선택에 달렸습니다. 하지만 당신이 진짜라면, 적어도 현재의 상황에 대해 숙고하고 이에 관련된 것들을 하나하나 헤아려 결정을 내릴 겁니다.

자신의 능력을 넘어서는 결정을 내려야 하는 순간마다, 이처럼 사려 깊은 생각의 과정들이 많은 도움을 줍니다. 직장, 학교, 종교 모임, 봉사 단체와 같이 다양한 조직들 또한 사람들의 마음을 헤아릴 때 비로소 그 역할을 다할 수 있습니다.

직장에서도 다른 이의 마음을 헤아리고 인간 중심적인 도덕을 도입하는 것이 충분히 가능합니다. 기업이란 돈을 벌기 위해 존재하며, 그렇게 하는 것이 고용주와 직원들 모두에게 이득임을 나도 잘 알고 있습니다. 하지만 우리는 모두가 존중받고, 창조적으로 일할 기회를 가질 수 있으며, 우리의 미력을 보탤 수 있는 직장에서 일하고 싶어 합니다. 도덕적이기를 두려워하지 않는 고용주만이 이러한 근무 환경을 만들 수 있고, 흔들림 없는 공정함으로 직원들을 대할 수 있겠지요. 그 결과 직원들이 보다 효과적이고 효율적으로 일해 더 많은 이익을 창출 할 수 있습니다.

언제나 성실함을 간직하고, 자신이 소중하게 여기는 것을 지키지 않으면서 어떻게 진정한 도덕을 얘기할 수 있겠습니까. 설령 이것으로 다른 이와 충돌을 일으킨다 하더라도 우리 각자는 결코 양보할 수 없는 가치가 있기 마련인 것을요. 하지만 동의하는 것처럼 보이기 위해 아무런 말도 하지 않는다면, 이를 저버리는 셈이 되고 맙니다.

내게 이런 저런 어려움을 털어놓고 도움을 청하는 사람들에게 나는 늘 이점을 강조합니다.

"내일 일어났을 때, 후회하지 않을 쪽을 선택하세요."

이러한 태도는 분명 '걸리지만 않으면 죄가 아니다'는 생각이 팽배한 물질문명과는 반대되는 것입니다. 하지만 당신의 마음속 깊은 곳을 가만히 들여다보세요. 그러면 당신은 옳고 그른 것의 차이를 분명히 느낄 수 있을 겁니다. 그리고 이러한 감정에 충실했을 때, 훨씬 마음이 편안해질 겁니다.

예를 하나 들어볼까요. 누군가 다른 사람을 욕하면, 나는 조용하고도 부드러운 목소리로 이렇게 말하곤 합니다.

"천천히 주변을 한번 둘러보세요. 여기 모인 모든 사람이 당신과 똑같은 생각을 가진 것은 아니랍니다."

혹은 이렇게 얘기하지요.

"이점에 대해 내가 당신 의견에 동의할 거라 생각지 마세요."

운이 좋으면, 상대방이 내게 사과를 하기도 합니다. 때로 비판적인 토론을 벌이기도 하지만요. 하지만 나는 이를 큰 말다툼으로 몰아가지는 않습니다. 그것이 목적이 아니니까요. 나는 그저 이렇듯 불편한 순간마저 기꺼이 받아들일 뿐입니다. 진정한 사람이라면 어디서든 자신의 의견이 수용되리라는 기대는 접어두어야 합니다. 그리고 조금 불편한 순간도 견뎌내야 합니다.

도덕적으로 정직하기가 당장은 어려워보일지 모르지만, 이를 진정한 자아의 일부로 만들고 나면, 당신은 확신과 용기를 얻게 될 겁니다. 또한 모든 인간 본성에 대해보다 깊이 이해할 수 있게 될 테고요. 이러한 사실을 알게 되면 더 이상 논쟁도 대립도 상처도 없이 정직할 수 있습니다. 당신이 어떤 사람인지 누구나 알 수 있는 까닭에 결국, 누구든지 이러한 정직함을 지닌 당신이 곁에 있는 것을 편안하게 느끼게 됩니다.

자신만의 향기를 간직한
'진짜' 이야기를 만드세요

그날 밤, 헝겊토끼는 너무나도 행복해서 도무지 잠을 이룰 수가 없었습니다. 톱밥이 채워진 그의 작은 심장은 벅차오르는 사랑으로 터질 것만 같았습니다. 오래전에 빛을 잃었던 그의 눈에도 어느새 지혜와 아름다움이 깃들어, 다음 날 아침 그를 집어 들던 나나조차 이를 알아차릴 정도였습니다.

그녀는 왠지 다르게 보이는 헝겊토끼를 보며 이렇게 말했습니다.

"정말 이 낡아빠진 토끼 인형이 뭔가 아는 눈치네!"

진짜가 된 뒤에, 벨벳토끼는 지혜로운 눈으로 세상을 바라볼 수 있었습니다. 세상에 하나뿐인 존재로서의 자신을 지탱하고 만족시킬 수 있을 만큼 충분히 성장하고 배워야 얻을 수 있는 바로 그 지혜의 눈으로 말이죠. 다르게 말하면, 우리는 삶이 진정한 가치와 의미를 지닌다는 것을 알고 있습니다. 이것이 바로 성숙을 거듭한 우리들이 진정한 존재로서 도달하고자 하는 궁극적인 목표이기도 하지요.

진정한 가치에 대한 갈증은 인간성에 대한 그것만큼이나 보편적이고 오랜 역사를 가지고 있습니다. 우리 모두는 자신이 가진 목표와 이 지구상에서 자신의 존재감을 느끼고 싶어합니다. 일반의 왕국에서는 비현실적이며 심지어 어리석기 짝이 없는 것이라는 이유로 이러한 갈망이 무시되곤 합니다. 하지만 진정한 존재라면, 의미를 찾는 것이 당신 삶의 축이 됩니다. 이는 자신의 가치와 흥미, 그리고 열정을 깨닫게 하며, 공감과 긍정적인 유대에 바탕을 둔 인간관계를 맺어가도록 합니다.

노력 없이는 어떠한 것도 얻을 수 없습니다. 진정한 삶을 위해서는 당신의 활동적인 참여가 반드시 필요합니다. 이는 당신에게 일어나는 어떤 일이 아니라, 당신이 스스로 밑그림을 그리고 완성해 나가는 것입니다. 진정함은 당신이 어떤 것에 대해 완벽해진다는 뜻이 아닙니다. 자신이 성장할 수 있는 기회를 기꺼이 붙잡고, 경험을 통해 하나씩 배워나간다는 겁니다. 그 결과, 자신이 늘 최선을 다했다는 사실을 깨닫게 됩니다.

진정한 삶이란 언제나, 우리가 사랑하는 사람들에게 남겨줄 수 있는 아름답고도 자신만의 향기를 간직한 이야기를 만들어내는 법입니다. 훗날 돌아보며 후회하지 않도록 해주는 것은 물론이고요. 때로는 우리를 잘 알지 못하는 사람들조차 우리의 인생 향기에 취하기도 하지요. 진정으로 존재하는 사람들에게 이보다 값진 선물은 없을 겁니다. 중요한 것은 재산이나 권력, 혹은 업적이 아니라 당신이 지상에서의 시간을 소중하게 잘 보냈으며 다른 사람과 돈독한 관계를 만들어 나갔다는 느낌입니다.

진정한 존재가 되고, 당신이 말하고 행한 모든 것이 중요하다는 사실을 깨닫고 나면, 우리 모두는 우리가 떠난 뒤에도 오래도록 지워지지 않을 흔적을 세상에 남기게 마련이라는 사실 또한 이해할 수 있습니다. 설령 이러한 사실을 알지 못하더라도, 우리 모두는 어딘가에, 또 누군가에게 자신만의 소중한 이야기를 남기게 됩니다.

진정한 유산은 현금이나 주식, 채권이나 부동산, 예술작품과 같이 어떤 형체가 있는 것이 아닙니다. 물론 이에 버금가는 명성도 진정한 유산은 아닙니다. 당신이 세상을 떠나고 오랜 시간이 흐른 뒤에도 사람들이 나누는 이야기 속에 당신과 당신의 삶이 등장할 때, 비로소 진정한 유산을 남긴 겁니다.

진정한 유산을 남기고 싶다면, 아무리 사소한 이야기라 할지라도 사람들이 당신에 대해 나누는 이야기에 귀를 기울여야 합니다. 제 경우를 예로 들어볼까요. 제 친구들과 가족들은 제 약점을 가지고 장난치기를 좋아합니다. 저는 방향 감각이 전혀 없는 데다, 앞서 말씀 드렸듯이 사소한 걱정들을 짊어지고 살아가거든요. 하지만 그들은 진정한 존재가 되고자 하고, 정직하고자 하며, 공감하고, 용감하게 행동하려는 나의 노력에 대해 얘기를 나눕니다. 제 의심들과 두려움은 제쳐두고요.

결국 모든 인생은 교훈을 간직한 이야기입니다. 재능 있는 작가가 쓴 책 속에 등장하는 허구적인 인물들의 경우도 예외는 아닙니다. 《헝겊토끼》에서 마저리 윌리엄스는 천진한 인물들을 창조하고, 이들을 통해 우리 모두가 경험하는 소망, 꿈, 근심, 그리고 두려움을 그려냅니다. 그러고 나서 그녀는 헝겊토끼로 하여금 인생을 탐구하고 진정한 존재가 되기 위해 고군분투하게 합니다. 헝겊토끼는 용감하고 정직하며 공감할 줄 압니다. 그는 여러 가지 면에서 우리와 닮아 있습니다.

만일 당신이 인생에 있어 보다 진정한 존재가 되고, 이것이 당신의 인간관계에 영향을 끼친다면, 당신은 이 세상을 떠난 뒤에도 다른 사람들의 영감을 불러일으키는 좋은 본보기가 될 수 있을 겁니다. 당신이 남기고 간 삶의 교훈이 다른 이들의 마음을 움직여 그들에게 냉소와 두려움이 아닌 경이로움과 호기심, 그리고 열린 마음을 안겨줄 수 있을 테니까요. 당신의 삶은 이런 메아리를 남기게 될 겁니다. "저는 진정한 존재였습니다. 그러니 당신도 진정한 존재가 될 수 있답니다."

자신의 향기를 간직한 이야기를 만들어가면서, 당신은 어떤 의미를 깨닫게 될까요? 당신만의 독특한 방법으로 진정한 존재가 되세요. 그러면 당신도 분명 찾을 수 있을 겁니다.

"아저씨는 진짜가 맞죠?"

헝겊토끼가 물었습니다. 하지만, 말을 하고 나자 바로

후회가 되었습니다. 빼빼마른 말의 마음을 상하게 했을지도

모른다는 생각이 들었기 때문입니다.

하지만 빼빼마른 말은

빙그레 미소만 지었습니다.

그리고 잠시 후에 이렇게 대답했습니다.

"소년의 삼촌이 나를 진짜로 만들어 주었어.

벌써 아주 오래전 일이지. 하지만 한번 진짜가 되면,

다시 진짜가 되기 전의 너로 돌아가는 법은 없단다.

영원히 말이다."